Het jaar
van de vlinder

Het jaar van de vlinder

Brigitte van de Koevering

Aerial Media Company

ISBN 978-94-026-0102-2
NUR 350/402

© 2016 Brigitte van de Koevering
© 2016 Nederlandstalige uitgave: Aerial Media Company bv, Tiel
1ste druk

Dit boek is ook leverbaar als e-book: ISBN 978-94-026-0103-9

Omslagontwerp en opmaak: Teo van Gerwen

www.aerialmediacom.nl
www.facebook.com/Aerialmediacompany

Blijf op de hoogte van het laatste nieuws over onze producten en auteurs!
Schrijf je in op onze nieuwsbrief op www.aerialmediacom.nl.

Aerial Media Company bv.
Postbus 6088
4000 HB Tiel

Citaat uit song Listen van Beyonce: Songwriters Anne Preven, Beyonce Knowles, Henry Krieger, Scott Cutler, Published by Lyrics © IMAGEM U.S. LLC , Sony/ATV Music Publishing LLC, Warner/Chappell Music, Inc.

Alle rechten voorbehouden. Niets uit deze uitgave mag worden verveelvoudigd, opgeslagen in een geautomatiseerd gegevensbestand, of openbaar gemaakt, in enige vorm of op enige wijze, hetzij elektronisch, mechanisch, door fotokopieën, opnamen, of enige andere manier, zonder voorafgaande schriftelijke toestemming van de uitgever.

Voor zover het maken van kopieën uit deze uitgave is toegestaan op grond van artikel 16 Auteurswet 1912, juncto het Besluit van 20 juni 1974, Stb. 351, zoals gewijzigd bij het Besluit van 23 augustus 1985, Stb. 471 en artikel 17 Auteurswet 1912, dient men de daarvoor wettelijk verschuldigde vergoedingen te voldoen aan de Stichting Reprorecht (Postbus 3060, 2130 KB, Hoofddorp).
Voor het overnemen van gedeelte(n) uit deze uitgave in bloemlezingen, readers en andere compilatiewerken dient men zich tot de uitgever te wenden.

Voorwoord

Ooit was er een tijd dat ik dacht dat mijn inbreng het verschil zou maken. De toekomst was nog open en licht, alles was mogelijk. Wanneer ik mijn stinkende best bleef doen zou het leven goed zijn. De keuzes die je zelf maakte, bepaalden welke kant het op zou gaan.

Zou het saai worden of juist vol verrassingen? Wilde ik uitgedaagd worden of liever met de stroom mee? Wilde ik werken om te leven of daadwerkelijk iets moois toevoegen? Zou ik worden opgemerkt of in het voorbijgaan achteloos begroet?

Ouder worden maakte mij vooral wijzer en zachter. Natuurlijk zou er in de loop van de tijd pijn en verdriet zijn van gemis en afscheid nemen. Het leven zou mij in milde mate treffen, zoals de natuur het heeft bedoeld, alleen wanneer het leven lijden werd. Na een innig afscheid waarin alles zou zijn gezegd, pas dan zou de ander worden losgelaten. Rust zou weer terugkomen en de draad weer opgepakt.

Wat is noodlot en waar begint het? Heb je een rol in de mate waarin je het over jezelf afroept of kun je het keren en op afstand houden? Ben je een gelovig mens wanneer je het noodlot herkent? Is er een mogelijkheid om het af te wenden wanneer bijtijds de signalen worden opgepikt?

Hoe ga je weer verder wanneer het noodlot je zo hard treft dat je nauwelijks meer op kunt staan? Geef je toe en blijf je liggen om de volgende knock-out voor te zijn? Sta je rechtop en daag je je tegenstander uit met gebalde vuisten? Ga je in meditatie toe naar verstilde acceptatie? Of lonkt toch het dempen van de pijn met drank en drugs? En heb je überhaupt een keuze in de manier waarop je omgaat met tegenslag of is ook dat voorbestemd?

Is de keuze van je partner ingegeven door geile verliefdheid of is het een aanloop op het trauma dat komen gaat? Zijn het de kinderen die ons kiezen of andersom? Waarom redt het ene slachtoffer van genocide of een natuurramp het wel en een ander juist niet?

Een psychiater vertelde mij eens dat intelligentie, humor en fantasie de drie belangrijkste factoren zijn die de kans op overleven bepalen. Niet het verwerken en het herbeleven van het trauma, maar de blik naar de toekomst geeft hoop. Het vergelijken met anderen die soortgelijke verlieservaringen hebben gehad helpt relativeren. Het doet echter niets af aan het eigen verdriet.

Maakt het besef dat de ander geleden heeft de pijn van het weggaan minder? Heeft een gelovig mens meer vrede met zijn eindbestemming? Welke betekenis heeft jouw leven ten opzichte van dat van de ander? Soms lonkt het besef dat het niet uitmaakt wat we kiezen. Dat het geen verschil maakt met wie we leven of hoe we dat doen. Dat het werk dat je het ene moment zo belangrijk vindt, het volgende moment even goed door een ander kan worden gedaan. Die partner van wie je zo houdt evengoed een ander had kunnen zijn. Het tijdstip van geboorte de vaart van je leven bepaalt. De ouders bij wie je bent opgegroeid ook de buren hadden kunnen zijn. Het land van je geboorte door een adoptie kan worden ingeruild.

Hoe dacht jij over deze dingen toen jij je keuze maakte?
Dacht je dat het daar beter zou zijn?
Was je klaar hier en teleurgesteld in wat je tot dan toe had beleefd?
Heb je de liefde die je gegeven hebt niet in diezelfde mate kunnen ontvangen?
Wij hebben groot respect voor jouw keuze om je eigen weg te gaan.
Wij blijven de rest van ons leven van je houden.

Proloog

Sinds kort zit er een eekhoorn in onze perenboom, het lievelingsdier van mijn broer. Die grote tuin met de oude bomen, dat is zo'n beetje de reden dat mijn ouders ooit dit huis hebben gekocht. Het is geen bijzonder mooie tuin. Er is een grasveld omheind door wat slordige struiken. Tegen een oude, scheve muur waar de witte kalk van afbladdert, groeien verwilderde rozen.

Toen mijn ouders hier pas woonden hebben ze een appelboom geplant. Mijn moeder had daar romantische beelden bij, dat ze later als ze oud zou zijn daar met papa onder zou kunnen zitten, met de kleinkinderen spelend aan haar voeten. Het boompje draagt in het voorjaar prachtig roze bloempjes en in september geeft het appels. Die waren aanvankelijk zo zuur dat je er alleen maar appeltaart van kon maken of moes met heel veel suiker. De verwachting is dat de appels ieder jaar zoeter worden en het boompje uiteindelijk zal uitgroeien tot een volwassen exemplaar. Het bankje onder de bladerenkruin zal plaats bieden aan diegenen die er beschutting zoeken tegen regen of zon.

Achter in de tuin staat een gigantische laurier waar je in kunt klimmen en je je zo kunt verstoppen dat niemand je ziet. Toen ik klein was, kon ik verscholen in het groen, stil genietend, soms uren naar ons huis kijken. Van deze afstand leek het of ik keek naar een film waar ikzelf niet in voorkwam.

Ik zag en hoorde mijn moeder in de keuken rommelen, kletsend tegen de poes die zich rond haar benen krulde in de hoop dat er iets eetbaars naar beneden zou vallen. Mijn vader in opperste concentratie aan de piano, voorovergebogen over de toetsen met opgetrokken schouders. En boven in de nok van ons huis, als een soort torenwachter, de vage contouren van het gezicht van mijn broertje achter zijn zolderraam.

Het raam daaronder is van mijn slaapkamer. Sinds kort zijn de muren bedekt met van dat fotolijstjesbehang. Ik spaar oude ansichtkaarten en uiteindelijk wil ik daar mijn hele muur mee vol hangen. Mijn bureau is vroeger mijn commode geweest. Mijn opa heeft die voor mij gemaakt. Hij heeft er een spiegel op bevestigd, zodat ik hem ook als kaptafel kan gebruiken.

Mijn vrienden en vriendinnen komen altijd graag hier. Wanneer we een tussenuur hebben gaan we bij ons in de keuken pannenkoeken bakken. 's Zomers is ons favoriete plekje de trampoline, waar we ons uitstrekken in de zon. Soms picknicken we onder de perenboom.

Een paar jaar geleden hingen er nog veel peren in, maar de laatste jaren steeds minder. Het lijkt erop of de boom langzaam doodgaat. Af en toe heeft hij nog een opleving, maar ieder jaar bloeit hij minder mooi en draagt hij minder fruit. Ik denk dat de boom alles heeft gegeven wat hij in zich had en lang genoeg voor iedereen heeft gezorgd. Misschien is het tijd dat de boom tot rust komt.

1

Twee werelden

Mijn naam Andrea is me door mijn biologische moeder gegeven. Ik ben geboren op 29 januari 1997 in Santafé de Bogotá. Een miljoenenstad op 1.900 meter hoogte in het Andesgebergte. De hoofdstad van Colombia. De meeste mensen kennen Colombia natuurlijk van de verhalen over de drugskartels en de FARC. De Revolutionaire Strijdkrachten van Colombia is een guerrillabeweging waar veel jongeren zich bij aansluiten. Ooit begon deze groep vanuit de overtuiging dat de verschillen tussen arm en rijk niet zo groot zouden mogen zijn, maar later raakte de beweging betrokken bij de illegale drugshandel.
De meeste mensen kennen Pablo Escobar wel, zijn naam zal voor altijd met Colombia verbonden blijven. Hij gaf leiding aan een van de grootste drugskartels in het land. Ik heb weleens gehoord dat er op het eind van zijn leven zo'n jacht op hem werd gemaakt, dat hij nergens langer dan twee uur kon blijven.
Shakira is natuurlijk ook een landgenote. En waarschijnlijk weten maar weinig mensen dat Colombia het grootste bloemen exporterende land ter wereld is. Iedereen associeert het land alleen maar met drugs en geweld.

Mijn ouders kenden Colombia voor mijn komst vooral door de verhalen van een van hun favoriete schrijvers: Gabriel García Márquez. Zijn bekendste boek *Honderd jaar eenzaamheid* speelt zich af in de provincie waar ik ben geboren. Mijn roots liggen in het Macondo, het fictieve geboortedorp van García Márquez, beter bekend als Cartagena de Indias. Een streek in het noordwesten van

Colombia, waar mannen de godganse dag lamballen op het strand of een potje dammen. Ze flirten met de vrouwen die fruit verkopen, dat ze in manden op het hoofd dragen. Zijn boeken zijn eigenlijk een soort sprookjes voor volwassenen, zelf zegt hij daarover dat er in werkelijkheid dingen gebeuren die hij in zijn fictie maar niet gebruikt omdat niemand het zou geloven.

Vanaf de dag dat ik zes weken oud was, mochten mijn ouders voor mij zorgen. Ze hebben me opgehaald in het kindertehuis 'Los Pisingos', dat zoveel betekent als 'de wilde eenden'. In die tijd werd je geacht de procedure af te wachten in het land zelf. Blijkbaar was er sprake van een trage rechtbank, want we konden pas negen weken later naar Nederland. Mijn ouders vertelden later dat ze direct stimpelstapelverliefd op me waren. Ondanks dat ik veel last had van eczeem en mijn gezicht behoorlijk gehavend was, vonden ze me prachtig. De eerste weken huilde ik veel en mijn ouders wiegden me dan in slaap of namen me in bed. Ik geloof dat ze van het begin af aan alles deden wat in de meeste opvoedboeken ten zeerste werd ontraden. De eerste weken verbleven mijn ouders met mij in een hotel in Bogota, maar omdat het ernaar uitzag dat het allemaal wat langer zou gaan duren, boekten zij een vliegticket naar het zonnige kustgebied: mijn geboortegrond. Hier knapte mijn tere babyvelletje zienderogen door het zachte klimaat van op en mijn ouders genoten van de gemoedelijke, losse sfeer, ver weg van de procedures en de smog van de grote stad. En daar in die kleurige, exotische wereld kwamen we tot rust en nader tot elkaar. Zoals mijn moeder het verwoordde: langzaam maar zeker kroop ik onder haar huid. Ik kan me nog herinneren hoe ze voor me zong: 'Als hij kon toveren, kwam alles voor elkaar, als hij kon toveren was niemand de sigaar, als hij kon toveren, kon toveren, kon toveren, kon toveren, dan hielden alle mensen van elkaar.' Zo vaak heb ik het gehoord dat ik de tekst zelfs na al die tijd direct weer op kan roepen.

Het voordeel van die trage procedure in Colombia was dat we al helemaal aan elkaar gewend waren voordat we in Nederland aankwamen. Mijn ouders hoefden in afwachting van de uitspraak van de rechter niets anders te doen dan de hele dag met mij bezig zijn. Ze konden 's ochtends lekker lang samen met mij in bed knuffelen waarna een uitgebreid badritueel volgde en een babymassage. Daarna gingen ze met me wandelen in een parkje. Ze hebben me weleens verteld dat ze eindeloos naar me hebben gekeken en naar me luisterden totdat ze ieder geluidje en iedere grimas herkenden.

De eerste maanden ben ik continu bij hen geweest. In een draagzak ging ik mee op verkenningstocht. Mijn ouders waren overrompeld door de schoonheid van het Caribische deel van Colombia en genoten van de uitbundige sfeer en de vrolijkheid van de mensen daar. Ondanks de armoede die overal zichtbaar was, leken de bewoners hier minder bezorgd dan in de hoofdstad. Mannen floten naar de schaars geklede, flanerende dames en kinderen speelden met zelfgemaakt speelgoed. Een paar lappen met een touw eromheen doet dienst als voetbal. Groepjes jonge meisjes staan te kijken naar hoe twee leeftijdsgenootjes een dans doen die verliefdheid, flirten en seks lijkt uit te beelden. Erotiek en sensualiteit is bekend bij alle leeftijden. Op iedere straathoek kun je verse vruchtsappen of kokosnoot krijgen. Het lijkt of de mensen hier van de zon leven. Door de zinderende hitte op het midden van de dag komt de stad tijdens de siësta tot stilstand. In hangmatten of in de schaduw onder de palmbomen zoeken hele gezinnen verkoeling. Laat in de middag komt alles langzaam weer tot leven. De *chiva's*, kleurige open bussen waar iedereen lukraak in en uit springt, zijn allemaal voorzien van een krakkemikkige geluidsinstallatie waaruit de hele dag salsa en merenguemuziek knalt. 's Avonds rijden ze als mobiele feestzalen door de buitenwijken en worden de passagiers getrakteerd op rum. De binnenstad van Cartagena heeft veel weg van een swingende huiskamer. De felle kleuren van de rijk gedecoreerde, enigszins vervallen gevels kronkelen als slingers door het oude stadscentrum.

Als een stel backpackers, maar dan met kind, zijn mijn ouders door de streek getrokken. Slapend in de armen van mijn vader lag ik beschermd tegen de zon. Ik kreeg mijn flesje wanneer ik honger had. Zonder klok. Er was geen sprake van regelmaat, wel een alles overheersend gevoel van geluk. Daar, ver weg van de hectiek van de grote stad, drong het besef tot mijn ouders door dat hun leven nooit meer hetzelfde zou zijn. Zij realiseerden zich dat ondanks het overheersende gevoel van zorgeloosheid er ook een verantwoordelijkheid bij was gekomen. Regelmatig werden mijn ouders door mensen aangesproken, die hun vroegen naar het waarom van mijn adoptie. En terwijl zij zich af en toe wat ongemakkelijk voelden, alsof ze een kind ontvoerden uit de eigen omgeving, reageerden de locals daar met begrip en respect. Ondanks hun ogenschijnlijke uitgelatenheid waren ze zich bewust van de pijn van het land: de armoede, de corruptie en het geweld in de grote steden.

De plaatsing van adoptiekinderen bij hun toekomstige ouders vindt plaats door middel van 'matching'. Ik weet niet zo goed wat ik me daarbij voor moet stellen, maar het is opvallend hoeveel overeenkomsten er waren tussen mij en met name mijn adoptiemoeder. Ik heb me weleens afgevraagd in hoeverre het is voorbestemd bij welke ouders je terecht komt. Hebben zij mij gevonden of ik hen?

Terwijl wij daar moesten wachten, waren familie en vrienden onze thuiskomst aan het voorbereiden. Een vriend van mijn ouders had op de muren van mijn kamer dieren geschilderd: een levensgrote giraf, een olifant en een vlinder. Pas bij de verhuizing, een paar jaar later ontdekten we achter de commode nog een schattig muisje in pasteltinten. De oma's hadden dekentjes gehaakt en truitjes gebreid. Er werd op me gewacht en naar me verlangd. Bij aankomst in Nederland zaten familie en vrienden volgens goed lokaal gebruik in tuinstoelen in de voortuin ons met een drankje op te wachten.

Ook al had ik een mooie kamer: tot een jaar of drie heb ik nauwelijks in mijn eigen bed geslapen. Mijn ouders hadden me die eerste maanden in Colombia al zoveel bij hen genomen dat ik niet meer in mijn eigen ledikant wilde. Ze wilden en konden me niet laten huilen, dat voelde zo tegennatuurlijk.

De eerste jaren woonden we in een leuk jarendertighuis aan een drukke weg. Toen ik eenmaal kon lopen, wilde ik veel naar buiten. Mijn ouders lieten de buggy thuis en gingen met me wandelen: naar de eendjes, naar de bakker of even naar de brievenbus. Later gingen we naar de speeltuin waar ik kon klimmen en klauteren. In ons piepkleine tuintje was net voldoende plek voor een zandbak, met mooi weer een zwembadje en in de deuropening van de schuur hing een schommel.

Mijn eerste eigen herinnering is het moment waarop ik samen met mijn ouders op weg ben naar mijn broertje Fabio.
Na wat voor mij als een eindeloos lange autoreis voelde, kwamen we aan op een kamer waar ik dacht hem voor het eerst te zullen zien. Als je tweeëneenhalf jaar oud bent, heb je nog geen begrip van tijd en ruimte: de hotelkamer in de buurt van Schiphol was in mijn beleving het kindertehuis in Bogota, de eindbestemming van onze reis. Mijn ouders hebben me later dit verhaal heel vaak verteld. De trip naar Amsterdam, een reis van anderhalf uur, was ik doorlopend aan het praten en kon ik nauwelijks in mijn autostoeltje blijven zitten. Peuters zijn over het algemeen al druk en beweeglijk, maar ik was, volgens de overlevering, toen echt een ongelofelijke stuiterbal.
Aan de weken voorafgaand aan het vertrek of aan de urenlange vliegreis heb ik geen herinneringen, maar het moet een spannende en hectische tijd zijn geweest. In Colombia was het in die periode erg onrustig. De FARC was zelfs actief in en om de hoofdstad. Het eerste vertrek was gecanceld vanwege de spanningen in het land. Achteraf denk ik dat het moment dat ik die hotelkamer binnenstormde, omdat ik dacht een blik op mijn broertje te kunnen werpen, de eerste grote teleurstelling in mijn leven moet zijn geweest. Het zou nog drie dagen duren voordat ik hem echt kon knuffelen. Een ontstellend lange tijd voor een peuter. Als eerste, nog voor mijn ouders, mocht ik hem zien. Een mollig, bruin baby'tje van zo'n zes weken oud met gitzwarte haartjes en grote onderzoekende ogen. Een soort kleine, tevreden boeddha.

Natuurlijk heb ik me vaak afgevraagd wat nu mijn eigen herinneringen zijn en wat momenten zijn die bij je opkomen bij het zien van foto's of het horen van verhalen. Maar vanaf het moment dat ik mijn broertje zag, hield ik van hem. Wanneer ik in een van de vele albums kijk die mijn moeder voor ons heeft volgeplakt met foto's, zie ik ons altijd samen. En hoewel we biologisch geen broer en zus zijn, is onze band altijd minstens zo sterk geweest als een bloedband kan zijn.

Ik geloof dat we die tweede keer zo'n zeven weken in Colombia zijn gebleven om alle papieren voor de adoptie in orde te maken. In al die tijd hebben mijn ouders geen spoor van jaloezie bij me kunnen ontdekken. Dat was zeer verwonderlijk, want in die tijd was ik een temperamentvolle peuter die niet van plan was om speelgoed te delen. Het schijnt dat ik mijn frustratie heb gekoeld op een vriendinnetje dat al evenmin goed samen kon spelen. Volgens mijn ouders was ik wel enigszins teleurgesteld dat mijn kleine broertje aanvankelijk een wat slome speelkameraad bleek, maar gelukkig ontdekte ik dat ik heel goed doktertje met hem kon spelen.

Uiterlijk lijken we niet op elkaar, mijn broer en ik, op onze bruine huid na dan misschien. Alles wat bij mij rond is, is bij hem recht. Ik heb wat meer de Caribische genen, volgens de directrice van het kindertehuis ben ik *one of the happy people from the coast*. Mijn broer is een mix van een Peruaanse vader en een Colombiaanse moeder. Bij de kapper hebben ze altijd moeite zijn dikke haar te knippen, liever snijden ze het. Hoe vaak men wel niet de vraag heeft gesteld of hij wel mijn echte broer is? Mensen zijn vaak erg nieuwsgierig en willen weten hoe het nu precies zit.

Rond mijn derde werd ik me bewust van verschillen, dat ik anders was dan de meeste kinderen. Op de peuterspeelzaal was ik het enige gekleurde kind. Op de school die ik daarna bezocht zaten nauwelijks allochtone kinderen. Een tijd lang liet ik als het regende mijn capuchon af, zodat de regen mijn kleur weg kon spoelen. Rond die tijd hebben mijn ouders me uitgelegd dat mijn uiterlijk niet te maken had met het weer, maar met het feit dat ik uit andere ouders ben geboren. Ik geloof niet dat ik dat heel vreemd vond, ik nam het voor kennisgeving aan. Pas later, doordat anderen er zoveel vragen over stelden, drong het tot me door dat ik een apart geval was.

Ik was een pittige, ondernemende peuter die continu hees was van het vele praten.

Ik vind het bijna gênant om naar filmpjes van vroeger te kijken, zo aanwezig was ik toen. Mijn ouders zullen het af en toe best lastig hebben gevonden hoe ze met me om moesten gaan. Mijn vader vertelde altijd dat ik zo vroeg wakker was dat hij op zaterdag om zeven uur 's ochtends al de hele krant uit had met alle bijlages.

Eenmaal op de peuterspeelzaal werd ik rustiger en misschien zelfs wat verlegen. Ik kan me nog herinneren hoe ik me voelde wanneer ik jarig was en ik met een kroon op mijn hoofd op de troon moest zitten. Alle kinderen kwamen me dan een handje geven in ruil voor een traktatie. Doodeng vond ik dat. In de kringgesprekken luisterde ik liever naar de verhalen van anderen dan dat ik zelf vertelde.

Ondanks dat ik erg moest wennen is de periode van de basisschool vooral een heerlijke onbekommerde tijd geweest. Veel vriendinnetjes, altijd buiten spelen en weinig om me zorgen over te maken. Ik werd veel uitgenodigd op feestjes, zowel bij de jongens uit mijn klas als bij de meisjes. Toen ik negen jaar was vonden mijn ouders dat ik wat weerbaarder mocht worden en ze deden me op judo. Ik geloof dat ik tot en met de oranje band ben gekomen. Uit die tijd kan ik me ook herinneren dat ik soms lang kon blijven hangen in een bepaald gevoel. Wanneer ik bijvoorbeeld ruzie had met een vriendinnetje, dan kreeg ik die vervelende gedachten niet makkelijk uit mijn hoofd.

Mijn moeder herkende dat gepieker van toen ze zelf een kind was en liet me een cursus meditatie doen. Ik leerde om in mijn gedachten terug te gaan naar een bepaald moment. Op die manier lukte het me een ruzie bij te leggen zodat ik er daarna niet meer over na hoefde te denken. Soms visualiseerde ik een strand en voelde ik de warmte op mijn huid van de ondergaande zon. Een andere keer zat ik in een immense bibliotheek, zo een waar je met een ladder omhoog moet klimmen om een boek van de bovenste plank te pakken. Ik was namelijk dol op boeken en lezen.

Mijn opa en oma van mijn vaderskant zorgden voor ons wanneer mijn ouders moesten werken. Dat deden ze tot we naar de middelbare school gingen. In het begin waren we bij hen, later kwamen ze bij ons thuis. Ze hadden altijd alle tijd en konden hele middagen spelletjes doen of gingen uren met ons wandelen. Oma vertelde over de snoepwinkel van haar vader en ze hadden altijd wel een mooie film voor als we moe waren. Ik luisterde graag naar de verhalen van mijn ouders, maar ook naar die mijn oma me vertelde. Wanneer ik terugdenk aan mijn kindertijd, zijn het vooral de verhalen die me het meeste bijstaan en me vervullen van een gevoel van verlangen en weemoed. Later, toen ik al op de middelbare school zat, vond ik het nog steeds af en toe fijn om een nachtje bij opa en oma te logeren. Samen met mijn broer hadden we daar ons tweede huis, een veilige plek waar we niets hoefden en er geen vragen en eisen werden gesteld. Ik kon daar in alle rust dagdromen hoe het zou zijn om schrijfster te zijn. Want wat kon er nu fijner zijn dan alle spannende dingen die je meemaakt op te schrijven in je mooiste schrift? Het liefst met een vulpen op van dat dikke, crèmekleurige papier. Mijn broer kon de tekeningen erbij maken, want dat was zijn talent en papa zou ervoor zorgen dat het uiteindelijk een echt boek zou worden. Met een harde kaft en een rood lint zodat je wist waar je was gebleven. Iedereen zou mijn boeken kopen en later zouden er films van worden gemaakt of langlopende televisieseries.

Ik weet niet wanneer de twijfel over de haalbaarheid van mijn plannen erin is geslopen. Mijn ouders vertelden ons dat we alles konden worden wat we maar wilden. Je kon zelf kiezen hoe je leven eruit zou zien. Alles was mogelijk, de beslissing was aan mij. Een ding stond voor mij al op jonge leeftijd vast: ik zou het leven niet zomaar aan me voorbij laten gaan. Het zou groots en meeslepend worden. Door mijn adoptie was ik een zondagskind. Het was mijn karma dat ik in dit welvarende land met zoveel mensen om me heen die me lief hadden op mocht groeien. Dat mocht niet domweg voorbij gaan. Mijn leven zou niet voor niets zijn.

2

Muziek als voedsel

Muziek is altijd belangrijk geweest in ons gezin. Even heb ik heel kort het idee gehad om viool te gaan spelen, waarschijnlijk vanwege Lisalotte. Mijn hele basisschooltijd ben ik innig bevriend geweest met haar. Zij kwam uit een gezin waar op hoog niveau werd gemusiceerd, moeder dwarsfluit en piano, het zusje cello en mijn vriendinnetje dus viool.

Maar er stond al een piano in onze huiskamer en volgens papa was dat juist een prima basis om later viool te gaan spelen. Natuurlijk hoopte hij dat tegen de tijd dat ik voorbij het repertoire van *Vader Jacob* was, ik zoveel plezier aan de piano zou beleven dat ik het hele idee van vioolles zou laten varen. Het paste niet bij de opvoedstijl van mijn ouders om mijn keuzes te bepalen, maar er werd wel met zachte hand gestuurd. Achteraf heb ik geen spijt gehad van de piano.

Mijn vader speelt al van kinds af aan. Als hij thuiskomt van zijn werk is het eerste wat hij doet een half uur muziek maken. Je ziet hem dan langzaam ontspannen. In het begin zit zijn hoofd nog strak op zijn schouders, maar na verloop van tijd zie je hem als een schildpad zijn nek uitsteken. Dat is meestal het moment dat hij van klassiek overgaat op, laten we het, improvisatie noemen.

De laatste jaren ontwikkelde mijn muzieksmaak zich meer en meer richting jazz. Ik ontdekte Billie Holiday: wat een ongelofelijke stem. Zij is in staat om me een brok in mijn keel te bezorgen en haar unieke geluid geeft me kippenvel van mijn tenen tot mijn kruin. Alsof al het leed en het verdriet dat haar leven kleurde, samenkwamen in die krakende, van pijn verscheurde toon. Haar stijl is ongekend en de timing waarbij ze achter de tel zingt, ongeëvenaard. Met name de latere opnames waarbij haar stem rauwer en doorleefder klinkt geven haar composities een dramatische lading. De worsteling met het leven, de drank, de drugs en haar liefde voor foute mannen, maken dat de nummers overtuigend en echt zijn. Op mijn kamer hangt een prachtige foto, die dateert uit de periode waarin ze het meest succesvol was. Ik voel me op een of andere manier sterk met haar verbonden en heb me daarom in haar leven verdiept. Alsof ze een soort soulsister voor me is. Vooral het nummer *Strange fruit* heeft veel betekenis voor me, omdat ik me de laatste tijd ook weleens als een vreemde voel.

De muzikanten rondom Billie Holiday waren een mix van blank en zwart, wat in die tijd nogal ongebruikelijk was. De tekst verhaalt over het racisme in met name het Zuiden van de VS en het lynchen van twee zwarte Amerikanen door de leden van de Ku Klux Klan: 'Strange fruit hanging from the poplar trees.'

Wat me ook is bijgebleven, is het verhaal dat mama me vertelde over Rosa Parks. De eerste zwarte vrouw die het durfde om in de bus voorin te gaan zitten, wat leidde tot enorme rellen. Dat één persoon met een ogenschijnlijk kleine daad van protest zo'n enorm verschil kan maken!

'Wist je trouwens dat het nummer *Happy birthday* van Stevie Wonder over de verjaardag van Martin Luther King gaat?' En uiteindelijk kwamen we dan na zo'n sessie algemene ontwikkeling toch weer bij de muziek uit. Ik weet niet of het door deze verhalen kwam dat ik op een gegeven moment het gevoel ben gaan ontwikkelen dat ik, net zoals Rosa Parks, een verschil wilde maken.

Ik heb altijd wel een zwak gehad voor de zwarte muziek met de verhalen over de gekwelde levens van muzikanten. In het laatste jaar van de middelbare school heb ik een werkstuk gemaakt over Ray Charles. Zijn levensverhaal had ik eerder al gezien in een film. Het gegeven dat je zo jong je broertje verliest en niet zolang daarna je gezichtsvermogen en dat je dan toch in staat bent zulke mooie dingen te maken. Ik kon maar geen einde breien aan mijn werkstuk en bleef maar schuren en schaven om het nog beter en completer te maken. Dat zit toch in me, dat ik vind dat het altijd beter kan. Uiteindelijk heb ik het met veel moeite ingeleverd. Ik kon er bijna geen afstand van doen, maar ik liep achter met mijn andere huiswerk, dus ik moest wel.

Bill Evans heb ik ontdekt doordat mijn vader bladmuziek en cd's van hem had. Een van de weinige blanke jazzmuzikanten die ik bewonder, maar ook hij is bepaald geen vrolijke man. Volgens mijn vader leed hij aan depressies en gebruikte hij heroïne. Dat hoor je ook wel aan bepaalde stukken, bijvoorbeeld aan *You must believe in Spring*. Zijn compositie *For Nenette* heb ik nog voor mijn eindexamen gespeeld. Door naar zijn muziek te luisteren begreep ik dat het bij pianospelen niet zozeer gaat om het spelen van noten maar meer om het aanslaan van akkoorden. Bij hem voelde ik ook voor het eerst de noodzaak van improvisatie. Zoals hij het zelf zegt is muziek niet iets statisch, maar iets wat ontstaat in het moment. Het is veranderlijk en afhankelijk van je stemming. Hij wakkerde mijn liefde voor de piano weer aan, doordat ik ineens het enorme belang begreep dat dit instrument heeft voor het ritme, de melodie en de harmonie binnen de jazz. Maar bovenal merkte ik dat zijn muziek me rustig kon maken. Soms, wanneer ik down ben, helpen zijn akkoorden om me weer beter te voelen. Hoe is het toch mogelijk dat je zulke mooie composities kunt bedenken, een begenadigd pianist bent en dan toch het geluk niet kunt vinden?

Door zijn muziek te spelen had ik een manier gevonden om me te onderscheiden van mijn broer, die al snel iedereen in ons gezin voorbijstreefde qua virtuositeit aan de piano. Hoewel er geen sprake was van jaloezie heb ik het wel lastig gevonden dat ik zo ontzettend hard moest werken om de pianostukken die meneer Zimmerman (nee, dit is geen pseudoniem, mijn pianoleraar heet echt zo) mij aandroeg, in te studeren, terwijl hij ze ogenschijnlijk met twee vingers in zijn neus binnen een paar dagen subliem speelde.

Het feit dat mijn ouders me altijd complimenteerden dat ik zoveel gevoel in mijn muziek kon leggen vond ik een dooddoener. Pas de laatste jaren is het plezier in het spelen weer een beetje terug. De klassieke componisten was ik zat. Over mijn eigen muzikaliteit heb ik me altijd erg onzeker gevoeld. Ik voelde me sowieso altijd de underdog van mijn broertje, zeker wat betreft de techniek. Mijn ouders hebben me nooit gepusht, wat je weleens bij anderen hoort. 'Muziek moet uit je hart komen,' zeiden ze, 'dat kun je niet forceren.' Daarbij is mijn pianoleraar de leukste en de beste leraar die je je maar kunt wensen. Hij zorgde altijd dat ik andere stukken kon spelen dan mijn broer. Ik heb eens een keer een weddenschap met hem afgesloten of het me wel of niet zou lukken een stuk te spelen. Als het me zou lukken, zou hij op zijn handen gaan staan. Ik heb zo mijn best moeten doen om dat stuk onder de knie te krijgen en ik heb het voor mekaar gekregen. Hij heeft het gedaan en is zijn belofte nagekomen, dat was lachen!

Op school had ik muziek als eindexamenvak. Alles beter dan wiskunde, dacht ik, maar wat heb ik me daarin vergist. Wat een moeilijk vak bleek het uiteindelijk te zijn! Met name solfège vond ik een hel. Solfège is een training van je muzikaliteit door middel van zangoefeningen, waarbij een melodie gezongen wordt zonder de tekst en met alleen de namen van de noten. Het doel is het muzikale gehoor te vergroten en door van het blad te zingen grip te krijgen op ritme en melodie. Nu vind ik van mezelf dat ik absoluut niet kan zingen en ik schaamde me ook altijd als ik op een podium moest staan. Zelfs in een koor zorgde ik er altijd voor dat ik helemaal achterin stond, zodat niemand me zou zien. Ik probeerde dan een beetje te playbacken, bang dat wanneer ik te veel volume zou maken, anderen om zich heen zouden kijken waar dat sonore gebrom toch vandaan kwam. Huilend heb ik geoefend voor een presentatie op school waarbij ik solo moest zingen. Het dieptepunt was rond kerst toen we met de muziekklas op een suf festival, in Dickens stijl, kerstliedjes moesten zingen. Alsof het al niet erg genoeg was, moest ik ook nog een of andere soepjurk aan en een soort lampenkap op mijn hoofd. Zie je het al voor je: een donker meisje met een grote bos krullen in een enorme gele jurk met roesjes en linten? Ik vraag me af of er in de tijd van Dickens überhaupt al donkere mensen in Engeland waren. Misschien als slaaf, maar toch zeker niet in een 'mooie' jurk zingend in een koortje. Achteraf gezien had ik dat misschien als argument in moeten brengen om niet mee te hoeven doen.

De enige keer dat ik mezelf echt tot het uiterste heb ingespannen om op een podium iets te spelen, was tijdens de diploma-uitreiking na mijn eindexamen. Ik heb toen voor mijn hartsvriendin *Claire de Lune* gespeeld van Debussy, omdat ze Claire heet en omdat het een van mijn favoriete muziekstukken is. Ik vond dat ze dat had verdiend omdat ze gedurende mijn hele middelbareschooltijd er altijd voor me is geweest. Dat was wel een mooi momentje.

Van alle klassieke componisten is Debussy wel mijn favoriet. Als vernieuwer in de muziek is hij een inspiratiebron geweest voor veel jazzmuzikanten en andersom heeft hij ook weer invloeden van bijvoorbeeld ragtime gebruikt in zijn stukken. Het komt erop neer dat ik eigenlijk niet kan kiezen en waarom zou ik ook. Soms verbaas ik me daar weleens over, dat die werelden van verschillende muziekstijlen en smaken zo gescheiden zijn. Alsof je niet de ene keer van het een en de andere keer van het ander mag proeven.

Nog niet zo heel lang geleden ben ik met mijn moeder naar een concert geweest van een groot symfonieorkest die onder andere het *Adagio for Strings* van Samuel Barber speelden. Mama was helemaal over de zeik omdat iemand tijdens het stuk een hoestbui kreeg en weigerde de zaal te verlaten. Weg was de betovering! Uiteindelijk hadden we dan toch wel lol om al die chique, beetje stijve mensen. Er waren bijna geen jongeren. Ik denk wel dat we opvielen: zo'n blonde moeder met een donker meisje. Soms dacht ik: wat zouden anderen nu van ons denken? Wat klopt er niet in het plaatje? Als papa er niet bij was had ik natuurlijk nog het product kunnen zijn van een donkere vader en een blanke moeder. Uiteindelijk hield het me nooit lang bezig, want juist de momenten met mijn ouders en met mijn broer behoorden, denk ik, tot de gelukkigste momenten in mijn leven.

Waar ik me weleens over heb verbaasd is het toeval dat iemand met zoveel talent voor een bepaald instrument, zoals mijn broer voor de piano, ook daadwerkelijk de kans krijgt die talenten te benutten. Wat als hij geadopteerd zou zijn door een gezin waar muziek geen enkele rol speelde? De laatste tijd houdt het me erg bezig. Niet alleen mijn Colombiaanse roots maar ook mijn adoptie op zich.

Waarom ben ik juist door deze ouders geadopteerd? Wat hebben zij mij geleerd of ben ik degene die hen iets heeft te leren? Wat is erfelijk en wat wordt door opvoeding bepaald?

Qua uiterlijk lijk ik op mijn 'buikmoeder' zoals ik mijn biologische moeder soms noem om het onderscheid te maken met mijn adoptiemoeder. Dat weet ik omdat ik een kopie heb van een identiteitsbewijs, waarop haar gezicht staat afgebeeld. Het is een mooi en vriendelijk gezicht. Volgens de directrice van het kindertehuis is ze erg betrokken en zorgzaam voor anderen. Ik denk dat ik op haar lijk. Maar ik hoor ook vaak dat er veel gelijkenissen zijn met mijn adoptiemoeder. We hebben allebei een flinke bos krullen, alleen zijn die van mij donker en die van haar blond. Blijkbaar gebruik ik op dezelfde manier mijn handen bij het praten en kijk ik mensen net zo aan als zij dat doet, wanneer ik met ze in gesprek ben. We kunnen in ieder geval heel hard om dezelfde dingen lachen. Een beetje leedvermaak zit daar wel bij, vooral papa is een geliefd object om af en toe uit te lachen. Vooral als hij beweert dat iets helemaal niet om te lachen is, komen we niet meer bij. Maar ik dwaal af, terug naar de muziek.

Met mijn moeder ben ik veel naar concerten geweest: we gingen naar optredens in de Effenaar en we bezochten het North Sea Jazz tijdens de voetbalfinale van 2010. Dat laatste concert was overigens een toevalstreffer. Papa had vlak van tevoren zijn knieband gescheurd bij een potje volleybal. Hij heeft geloof ik één keer gesprongen en direct zijn knie verdraaid. Sport is niet een van zijn talenten. En wat zijn pech werd, bleek mijn geluk: ik mocht in zijn plaats mee. Op mijn dertiende ging ik voor het eerst naar Pinkpop. Mijn moeder dacht eerst dat ik veel te jong zou zijn voor een festival met dronken mensen die boven op kleine meisjes staan te springen. Zij kon altijd enorm principieel doen en vijf minuten later helemaal om zijn. Ik weet niet precies hoe ik dat deed maar ik kreeg haar vrij snel op andere gedachten. Dat jaar zag ik John Mayer spelen: vlak voor zijn optreden was het zachtjes gaan regenen. Niemand haalde het in zijn hoofd een paraplu op te steken en zo het zicht voor degene die achter stonden te belemmeren. Later hoorde ik dat hij zich tijdens dat optreden al heel ziek voelde, de volgende dag heeft hij alle concerten afgezegd. Maar die avond, speciaal voor mij en misschien een heel klein beetje voor mijn moeder, ging hij tot het gaatje. Ik denk dat het ook meteen mijn mooiste Pinkpop-jaar was. Voor alles is een eerste keer en misschien is dat ook wel wat me af en toe zo weemoedig maakt, dat je weet dat een tweede keer altijd minder is!

Af en toe mocht ik zelfs met vrienden van mijn ouders mee naar een concert. Zo ben ik ooit meegegaan naar de Red Hot Chili Peppers met Triggerfinger in het voorprogramma. Triggerfinger zijn een paar ontzettende ruige kerels, maar wel met een zachte Vlaamse tongval, waar al die vriendinnen van mijn moeder een beetje week van werden. Achteraf vond ik het voorprogramma beter dan de hoofdact. Je ziet toch vaak dat die wereldberoemde grote stadionbands een kunstje doen en hun repertoire een beetje af lijken te raffelen. Bloedheet was het die dag in het Goffertpark in Nijmegen.

Mijn ouders stonden altijd erg open voor mijn muzieksmaak. Ze luisteren zelf zelden of nooit naar de radio, behalve misschien tijdens het autorijden. Eerder luisteren ze naar cd's met muziek uit hun jeugd. Wanneer ik iets moois had ontdekt, liet ik het vaak aan ze horen. Mijn moeder vertelde aan anderen dat ik haar muzikale kompas was, dat ik haar met nieuwe muziek in aanraking bracht.

Een van de laatste concerten die we hebben bezocht is dat van Gregory Porter die op een jazzfestival optrad in Perugia. We waren dat jaar op vakantie in Italië en verbleven op een paar uur rijden van die stad. Mijn ouders boekten een overnachting en gingen ernaartoe.

Perugia is een prachtige oude stad, boven op een berg gebouwd. Die sfeer daar: strak blauwe lucht, vrouwen in de mooiste, blote jurken op hoge hakken, knappe mannen met goed verzorgd haar en strak in het pak. 's Avonds zat iedereen buiten te eten aan mooie, met wit damast gedekte tafels, bediend door vriendelijke obers. Wat een perfectie! Wonen in een openluchtmuseum en dan theaters bezoeken in de prachtigste outfits, eten in de beste restaurants en slapen in vijfsterrenhotels, stel je toch eens voor!

Daarmee vergeleken was het hotel dat mijn ouders hadden uitgezocht toch een beetje behelpen. Volgens mijn moeder was het een oud, sfeervol klooster, net buiten de stad. De weg ernaartoe was een drama. In heel Perugia is er eenrichtingsverkeer, dus als je een keer een afslag mist en je moet omdraaien, heb je een probleem. Uiteindelijk had mijn vader zich zo klem gereden dat mijn moeder op de weg is gaan staan om het tegemoetrijdende verkeer tegen te houden zodat mijn vader de auto kon keren. Wat een stress! En dan dat hotel! De bedden waren schoon en er was stromend water, maar sfeer heb ik niet kunnen ontdekken. Het concert maakte echter alles goed. In een klein theatertje met stoeltjes van rode pluche en barokke balkonnetjes hoorden we een van de mooiste stemmen ooit. Mijn vader was diep onder de indruk en bij mijn moeder liepen de tranen over haar gezicht. Op zo'n moment voelde ik me ook wel trots dat ik het goed had ingeschat en dat zijn muziek mijn ouders zo kon ontroeren. Zoals hij daar stond op dat kleine podium, een grote donkere man met een muts voorzien van oorkleppen, bijna in zichzelf gekeerd. Volgens mijn moeder is het een hele lieve man, zij kan aan de hand van de muziek mensen allerlei eigenschappen toedichten. Ik denk dat het voor haar onverteerbaar zou zijn als iemand met een slecht karakter mooie muziek zou maken. Maar ik snap wel wat ze bedoelt: het is de ontroering die je voelt bij het horen van zijn muziek, een mix van soul, jazz en gospel. Zijn grote inspirator is Nat King Cole en dat hoor je ook wel. Allebei zijn het geweldige performers en met name de ballads die zij vertolken gaan door merg en been. Luister maar eens naar *When I fall in love* van Nat King Cole en zet daarna een cd op van Porter en laat *Be Good* of *Painted on Canvas* maar eens op je inwerken. Na thuiskomst heeft mijn moeder zijn muziek grijsgedraaid; ze kreeg maar geen genoeg van dat donkerbruine stemgeluid. Na afloop van het concert heb ik in de foyer nog even vlak bij Gregory gestaan. Ik heb niet geprobeerd om met hem op de foto te gaan. Dat vind ik zo kinderachtig.

Het laatste concert dat ik heb gezien is dat van Beyoncé, samen met mama, een vriendin en mijn broer. Ik denk dat zij in alle opzichten mijn grootste idool van deze tijd is. Sowieso wat haar uiterlijk betreft. Ik weet dat je je niet moet spiegelen aan dit soort iconen en toch kan ik het niet laten. Mama zegt altijd dat alle vrouwen in die bladen gefotoshopt zijn, maar dat geldt niet voor haar. We zaten vrij dichtbij en ik heb geen pukkeltje kunnen ontdekken. Prachtige lange benen, haren tot op haar billen (*so what* dat het extensions zijn) en een ongelofelijke stem. Dan is ze ook nog getrouwd met een van de coolste mannen in de muziekindustrie, Jay-Z, en heeft ze een kindje.

Het nummer *Listen* heb ik ontelbaar vaak beluisterd en heeft een speciale betekenis voor me. Met name in de periode rond mijn eindexamen, waarin ik me zo onbegrepen voelde door alles en iedereen, heb ik mijn ouders weleens gezegd dat ze de tekst van dit liedje maar eens tot zich door moesten laten dringen, dan zouden ze het snappen. Ik wilde het alleen doen, wilde los, volledig vrij zijn, begreep niet waarom zij zich zo'n zorgen om me maakten. Ze keken naar me met verschrikte, verontruste gezichten. Ze lazen de tekst en ik zag dat het snoeihard binnenkwam.

> *Listen, I am alone at a crossroads*
> *I'm not at home, in my own home*
> *And I've tried and tried*
> *To say what's on my mind*
> *You should have known*
>
> *Oh, now I'm done believing you*
> *You don't know what I'm feeling*
> *I'm more than what you made of me*
> *I followed the voice you gave to me*
> *But now I've gotta find my own*

I don't know where I belong
But I'll be moving on
If you don't
If you won't

Listen to the song here in my heart
A melody I start
But I will complete –

Het was een periode waarin ik keer op keer in discussie ging over mijn toekomst. Alsof het nummer voor mij persoonlijk was gemaakt, leende ik de woorden die ik wel uit had willen schreeuwen. Het was allemaal zo dubbel en zo verwarrend. Het ene moment duwde ik mijn ouders van me af om me het volgende moment weer in hun armen te storten.

3

Mijn moeder

Als ik het over mijn moeder heb, dan heb ik het over mijn adoptiemoeder. Hoe kun je zoveel van iemand houden en tegelijkertijd zo boos op diegene zijn? In het voorjaar van 2014 en de daaropvolgende zomermaanden liepen de gemoederen thuis hoog op. Mijn moeder lokte het uit, vroeg er letterlijk om. Ze wilde dat ik mijn masker van gemaakte opgewektheid zou laten vallen. Terwijl ik zo mijn best deed om de schijn op te houden, prikte zij er dwars doorheen. Het voelde alsof ze mijn schuilplaats had ontdekt, alsof ze mijn best bewaarde geheim zou gaan onthullen.

Er is een aantal dingen dat je moet weten, wil je mijn moeder kunnen begrijpen. Eigenlijk is ze een beetje een wereldverbeteraar. Soms is dat aandoenlijk, maar ik kan me er af en toe ook vreselijk aan ergeren. Vroeger wilde ze altijd naar het buitenland, liefst om ontwikkelingswerk te doen. Toen ze mijn vader ontmoette, moest ze haar plannen bijstellen. Hij studeerde Nederlands en wilde allesbehalve verre reizen maken. Hooguit een paar weekjes per jaar op vakantie, het liefst nog binnen Europa, om heel specifiek te zijn: Frankrijk. Verder wilde hij eigenlijk niet. Tijdens de eerste jaren dat ze samen waren, is mijn moeder een aantal keer een paar maanden in de tropen geweest. Mijn vader schreef haar talloze brieven, velletjes vol, op van dat dunne, blauwe luchtpostpapier. Blijkbaar deed hij dat goed, want uiteindelijk was mijn moeder niet bestand tegen zoveel vasthoudendheid en is ze voor hem teruggekomen.

Toen ze elkaar pas leerden kennen, waren ze in veel opzichten totaal verschillend. Mijn vader besteedde altijd veel aandacht aan zijn kleding en zorgde dat hij als student een baantje had, zodat hij zich geen zorgen hoefde te maken over geld. Zelfs in zijn studentenjaren had hij een werkster en vond hij het belangrijk dat er lekker en goed werd gekookt: liefst iedere dag soep en een goed stuk vlees. In die tijd, het waren de jaren tachtig, was mijn vader altijd strak gekleed volgens de toen heersende mode, met van die trendy schoenen met spitse neuzen. Terwijl mijn moeder in die tijd graatmager was, droeg ze altijd wijde kleren, van die tuinbroeken waar je geen taille in kon vermoeden. Nu zou je het de *boyfriend jeans* noemen, maar volgens mijn vader leek het vooral op een hobbezak. Ze kookte één keer per week voor zichzelf en daar at ze drie dagen van. (Meestal spaghetti: pasta met gehakt en tomatenpuree en misschien een ui als die op voorraad was.) Mijn vader heeft me weleens gezegd dat hij viel voor de enorme blonde krullenbos en de spottende blik in haar ogen.

Na de verpleging wilde mijn moeder eigenlijk een opleiding gaan doen in Antwerpen aan het Tropeninstituut, maar met het serieuzer worden van de relatie met mijn vader, zag ze daarvan af. In de tijd dat ze al samenwoonden is ze voor een paar maanden naar Saoedi-Arabië vertrokken, waar ze in een ziekenhuis op een zuigelingenafdeling werkte. Het was de begintijd van aids en veel kinderen met erfelijke bloedziektes waren besmet geraakt door transfusiebloed dat in die tijd uit Amerika kwam en nog niet werd gecontroleerd.

Een paar jaar later ging ze voor een aantal maanden naar Kameroen, waar ze in een basisgezondheidszorgprogramma werkte in een kleine kliniek aan de grens van het tropisch regenwoud. Het vaccineren van kinderen was daar haar hoofdtaak en het geven van voorlichting over bijvoorbeeld hygiëne.

Hoewel mijn vader ruimdenkend was en hij mama allesbehalve wilde beknotten in haar vrijheid, was hij het wel zat na die twee lange periodes van gescheiden leven. Volgens mijn moeder heeft hij haar daarom nadat ze terug kwam uit Afrika ten huwelijk gevraagd. Volgens mij is het meer een chantagemiddel geweest dan een aanzoek gebaseerd op romantiek. Hij zei dat hij niet nog een keer maanden op haar wilde wachten, bang dat ze een of andere tropische ziekte op zou lopen of een verkeerde bloedtransfusie zou krijgen na een ongeval.

Mijn moeder deed geen moeite om de risico's van het werk daar te verbloemen. Zo vertelde ze bijvoorbeeld dat ze in drie maanden tijd drie keer met de auto in de greppel was beland en dat ze doorlopend de banden van de jeep lek reed op de onverharde weg. Soms stond ze dan uren in de bush te wachten op hulp om het voertuig weer recht te trekken. Tijdens het vaccineren van de kinderen was het weleens gebeurd dat ze door haar handschoen had geprikt. Ze vertelde me dat ze toen echt bang was geweest dat ze zichzelf had besmet met een of ander virus. Toch bleef ze zichzelf blootstellen aan allerlei risico's.

Noem het jeugdige overmoed, maar ze heeft me verteld dat ze nog geen jaar later voor de laatste keer heeft geprobeerd af te reizen voor een klus in een vluchtelingenkamp. Omdat het een korte periode zou zijn, was papa toch akkoord gegaan. Uiteindelijk is ze niet gegaan omdat ze net een vaste baan had, waar ze geen onbetaald verlof mocht opnemen. Achteraf gezien is ze daar dankbaar voor, want ze zou uitgezonden worden naar Tsjaad waar vluchtelingen werden opgevangen die de oorlog tussen Burundi en Rwanda waren ontvlucht. Waarschijnlijk was ze dan nooit meer dezelfde geweest.

Ze heeft ook eens een week alleen in Jordanië rondgereisd. In Petra, een prachtige stad uitgehouwen in de rotsen, ging ze met een gids alleen te paard de bergen in. Geen moment dacht ze aan de gevaren. Het is eigenlijk onbegrijpelijk dat mijn moeder die zelf zoveel ondernam, altijd zo ontzettend bezorgd was om mij. Wanneer ik 's avonds laat thuiskwam van het uitgaan, was ze altijd nog wakker. Maar nu ik erover nadenk was ze dat misschien juist ook wel om die reden, wie weet herkende ze in mij haar eigen onbezonnenheid.

Toen ik een jaar of zeven was, is mijn moeder weer gaan studeren, pedagogiek. Gedurende vier jaar ging ze twee avonden per week naar school, naast haar werk als verpleegkundige. Ze was dat werk al lang beu, maar ik denk dat ze vooral weer ging studeren omdat ze een goede moeder wilde zijn. Het feit dat mijn broer en ik geadopteerd waren, maakte dat ze zich extra verantwoordelijk voelde. Door die studie was ze zich heel bewust van de ontwikkeling van kinderen en wat je kunt doen om die te stimuleren, maar ook wat er mis kan gaan. Ik heb het weleens tegen haar gebruikt als ik chagrijnig was en ik zin had om iets kwetsends te zeggen.

Mijn moeder vond het belangrijk dat we ons bewust waren van de rijkdom waarin we leefden en dat er veel gezinnen in onze nabije omgeving waren die het een stuk minder hadden. Vlak voor Sinterklaas werd de kast met ons speelgoed opgeruimd. We mochten zelf aangeven waar we niets meer mee deden en dat ging dan naar families die ze kende via haar werk. Soms had je dan een week later toch zin om met dat ene ding te spelen, maar dan was het al weg.

Een aantal jaren terug besloot ze van de ene op de andere dag dat er alleen nog maar biologisch mocht worden gegeten. In ieder geval wat betreft alles wat van het dier afkwam. Groente en fruit was er altijd in overvloed, snoep en koekjes kwamen we altijd tekort.

Voor kinderfeestjes werd er voor de jarige altijd een boek gekocht. Het mocht eventueel ook nog een stripboek zijn voor als dat kind echt niet van lezen hield. Plastic speelgoed, playstation, oorlogsspelletjes, het kwam er bij ons niet in. Televisie kijken mocht pas na vijf uur 's middags en alleen naar bepaalde zenders. Fox Kids werd bijvoorbeeld van het scherm geweerd. Daar stond weer tegenover dat we een kast vol verkleedkleren hadden, compleet met pruiken en hoedjes. Uren hebben we daarmee gespeeld in de serre van ons oude huis. En rommelen in de keuken hebben we ook zoveel gedaan: met je handen in het deeg, koekjes bakken en cupcakes maken.

We gingen veel naar buiten. Omdat we een kleine tuin hadden, gingen we vaak naar een grote speeltuin vlakbij. Middagen hebben we daar gezeten in de zandbak of in het zwembadje waar het water niet hoger kwam dan je heupen.

Onze hoofden werden volgestopt met verhalen. Voor zover ik me kan herinneren werden we aanvankelijk voorgelezen uit veelal Zweedse kinderboeken. Maar ik denk ook dat alles wat Annie M.G. Schmidt ooit heeft geschreven wel de revue is gepasseerd.

De vakanties waren vaak ontzettend leuk. We gingen naar kleine, rustige campings. Geen discotheek of grote glijbanen of andere luxe waar je als kind behoefte aan hebt. Het moest groen zijn en vooral niet te druk. Kamperen in de duinen op een terrein waar geen auto's mochten komen en twee jaar op rij gingen we naar Zweden, met een piratenvlot het meer op, mijn ouders heftig discussiërend in de kano wie er nu rechts of links moest peddelen.

Later combineerden we een weekje tent vaak met een paar dagen luxe in een mooie stad, als compromis voor mijn broer die kamperen echt vreselijk vindt. Met name het gemis aan privésanitair vindt hij mensonterend. Ik vond een camping altijd wel leuk omdat je makkelijk vrienden maakt op zo'n terrein. Maar uiteindelijk ben ik ook meer een stadsmens: te veel groen is niet goed voor mij.

Mijn absoluut favoriete grote stad is Parijs. Daar ben ik vaker geweest en wil ik ooit nog eens gaan wonen. Ik bewonder altijd die frêle Françaises, zelfs de wat oudere dames zien er nog prachtig uit. Het boek *La Parisienne* van Ines de la Fressange is mijn bijbel, mijn leidraad voor het leven. Het staat vol met wat je vooral wel en niet moet doen wil je een beetje smaakvol leven. De schrijfster is een stijlicoon in Frankrijk en was jarenlang model voor onder andere Chanel. Wanneer ik langs een etalage loop van Ladurée, een wereldberoemde delicatessezaak, en ik zie de chocolade en de macarons, kan ik echt watertanden. Op dat moment in die winkel, vlak voordat ik een vermogen moet neertellen voor zes miezerige maar o zo heerlijke koekjes, ben ik zo gelukkig. Niemand in mijn omgeving begrijpt wat voor ervaring dat voor mij is. Die pastelkleurige, brosse lekkernijen, prachtig ingepakt in een zakje met gouden opdruk en linten, staan dan eerst een poosje voor me zodat ik ernaar kan kijken. Wanneer ik het pakketje open is het mooiste moment alweer voorbij. Zonder moeite deel ik die koekjes met anderen, dat maakt me niets uit. Daarom heb ik nooit geld: vanwege mijn dure exclusieve smaak en omdat ik graag iets voor mijn vrienden koop. Stel je eens voor dat ik ooit in een appartementje zou kunnen wonen met uitzicht op de Seine en de Eiffeltoren!

Als ik een favoriet vakantieland zou moeten kiezen dan wordt het Italië, vooral vanwege het heerlijke eten. Want dat deden we regelmatig, uit eten gaan in goede restaurants. Iedere dag een echt Italiaans ijsje en verse pasta. De gerechten waar je de zon in proeft en toetjes met room en vers fruit. Daar kan ik echt ontzettend van genieten.

Wanneer we dan weer thuis waren maakte mijn moeder knapperige bruchetta met basilicum uit eigen tuin, om dat zonnige, relaxte vakantiegevoel weer op te roepen. Lekker eten is echt een passie die ik met haar deel. Ze zegt altijd dat het begint met goed boodschappen doen, daarmee bedoelt ze dat alle ingrediënten vers moeten zijn en niets uit een pakje. Smaak geeft ze met ui, knoflook, verse kruiden en goede olijfolie. Iedere zaterdag gaat ze naar de markt en komt dan thuis met twee grote tassen tjokvol met groente en fruit. Vaak maakt ze daarna soep, in de winter van pompoen of een andere groente en in de zomer gazpacho.

Toen ik nog een klein meisje was, was mijn moeder vooral degene die eindeloos met ons kon knutselen. Zij kon het thuis gezellig maken. In de herfst verzamelden we eikels en kastanjes en regen we slingers van dennenappels en herfstbladeren. Met Sinterklaas knutselden we de stoomboot die in de woonkamer op de vensterbank kwam te staan. Wanneer we voor school surprises moesten maken, zaten we aan de keukentafel tot onze ellenbogen in het behangselplak om van papier-maché iets moois te maken voor een klasgenootje.

Zij was degene die mijn kamer schilderde en mijn bed omtoverde tot een romantische slaapplek. Ik sliep onder een hemel van lichtgevende sterren en de klamboe was versierd met bloemen van stof. Soms kwamen we thuis en dan had ze een muur in de woonkamer een andere kleur gegeven. Ik denk dat mijn moeder in huis het meest het schilderwerk en andere klusjes voor haar rekening nam. Eigenlijk was ze altijd bezig. Zelden zat ze langer dan een half uur op een stoel, of het moet met de krant zijn geweest. Dat vonden mijn broer en ik ook weleens irritant. Waren wij lekker aan het hangen op de bank, kwam mijn moeder binnen met haar drukke gedoe. En ook al zei ze niets over ons geluier, we voelden ons dan toch gedwongen iets te gaan doen.

Met haar deelde ik de liefde voor atletiek, met name hardlopen. Jarenlang ben ik lid geweest van een atletiekclub. In het begin ging ik samen met een vriendin met wie ik altijd ontzettend veel pret had. Nadat zij stopte was voor mij de lol er ook een beetje af. Die crosstrainingen in de bossen, door weer en wind, vond ik vreselijk. Lopers zijn per definitie een beetje saai. De meeste mensen in mijn omgeving hockeyen of spelen voetbal. Van hen hoorde ik altijd over wilde afterparty's na het sporten, terwijl na een atletiektraining iedereen zo snel mogelijk weer naar huis gaat. Uiteindelijk ben ik gestopt bij de club en alleen verder gegaan. Af en toe ging ik nog met mijn moeder rennen in de bossen.

Wat ik ook graag met haar deed was samen shoppen. Niet vaak, want eigenlijk houdt mijn moeder niet van winkelen, maar ze vond het wel leuk met mij. Ik stond dan in een kleedhokje en zij speurde de winkel af om leuke kleren voor me uit te zoeken. Ook toen ik al kleedgeld kreeg, bleef ik met haar gaan, want ik kreeg altijd iets extra's en we gingen dan tussendoor ergens lunchen. Een wokgerecht of een bagel met avocado of ander groenvoer. Uiteindelijk ben ik al dat gezonde eten gaan waarderen en vond ik het ook lekkerder dan junkfood.

Ik merkte vaker dat mijn moeder ontzettend trots op me was. Wanneer we in de stad waren, liepen we altijd even bij haar werk naar binnen om iedereen gedag te zeggen, terwijl ze haar collega's al bijna dagelijks zag. Ze liet altijd aan iedereen foto's van ons zien en ik zorgde dan wel dat ze de mooiste in haar portemonnee had. Aan haar vrienden vertelde ze hoe ik haar inspireerde en ze luisterde naar me als ik haar advies gaf, dat ze bijvoorbeeld haar teennagels moest lakken als ze open schoenen droeg.

Met mijn moeder kon ik ontzettend veel lol hebben. Ik herinner me die ene keer dat we samen naar de bioscoop gingen en zij vlak van tevoren naar de kapper was geweest. Dat had niet helemaal goed uitgepakt en ze baalde als een stekker.

Malificent draaide, een variant op het klassieke verhaal van Doornroosje en ik had me er ontzettend op verheugd. Aanvankelijk wilde ze niet gaan met dat kapsel, maar ik kon haar toch overtuigen. Naast ons zaten twee hele stoere kerels, waarschijnlijk vanwege de bloedmooie hoofdrolspeelster en mijn moeder vroeg of de film niet een beetje te spannend voor ze was. We kwamen echt niet meer bij! Op zo'n moment voelde ik me zo fijn met haar naast me.

Ik ergerde me het meeste aan mijn moeder, denk ik, als ik aan haar zag dat ze zich zorgen over mij maakte. Het is voor haar lastig te verbergen als ze zich ergens druk over maakt. Net als ik vroeger, krijgt ze dan last van haar huid. Mijn moeder zegt dat ze haar verdriet via haar huid naar buiten werkt. Daar heeft ze al haar hele leven last van. Het eerste boek dat ze van mijn vader kreeg was *Vanwege een tere huid* van Anton Koolhaas. Het verhaal gaat over twee fictieve dieren, de hoedna's, en een verliefdheid tussen twee kinderen. Mijn vader zegt dat het boek eindigt met een van de mooiste zinnen ooit geschreven en wel deze: 'Aangezien de liefde de alleen zaligmakende leer is van de ander, zonder wie niet te leven valt en die zal sterven.' Dat is ook een manier om iemand te versieren!
Toen ik klein was, had ik ook veel last van mijn huid. Tot een jaar of vijf heb ik veel tussen mijn ouders in geslapen. Ze hielden dan allebei een handje vast zodat ik me niet kon krabben. Aan het begin van mijn middelbareschooltijd had ik weer een poosje veel last van eczeem. Misschien was dat toch ook een uiting van spanning, ik weet het niet. Het is hoe dan ook niet zo vreemd dat ik de laatste tijd geen last meer heb van mijn huid, maar des te meer van mijn gemoed.
Naar anderen toe blijf ik altijd de spontane, vrolijke meid die het hen naar de zin wil maken en wel in is voor een geintje. Ik laat zelden merken dat ik verdrietig, onzeker of boos ben. Dit soort gevoelens houd ik veel voor mezelf. Geen idee waarom ik dit zachtaardige imago zolang in stand heb gehouden. Het is vaak door verschillende mensen tegen me gezegd: 'Je mag best eens boos of chagrijnig zijn, dan vinden anderen je nog steeds leuk.'
Met name rond mijn centraal schriftelijk was ik helemaal hyper en super on-

rustig. Het is echt een wonder dat ik toen mijn eindexamen heb gehaald. Maar ik heb het gedaan. Ik moest mezelf bewijzen, ten koste van alles en iedereen in mijn omgeving. Dat heb ik niet netjes gedaan. Voor het eerst in mijn leven heb ik naar mijn moeder geschreeuwd, terwijl ik vlak voor haar stond. Alles wat ik voelde heb ik eruit gegooid.

Ik gilde dat ze me met rust moest laten omdat ik het op mijn manier wilde doen. Dat ik het zat was het haar en iedereen om me heen altijd naar de zin te maken. Dat ik wel wist dat ik meer moest sporten omdat ze me te dik vond, dat zag ik aan de manier waarop ze naar me keek. Dat ik heus wel voelde dat zij en papa van mening waren dat ik nog harder moest studeren en meer piano moest spelen.

Ze heeft me wel een uur laten gillen en tieren. Het enige wat ze zei nadat ik was uitgeraasd, was dat alle verwijten die ik haar voor de voeten wierp, eigenlijk verwijten waren die ik mezelf maakte. Ze had gelijk.

Mijn moeder heeft me nooit gevraagd om altijd lief en sociaal te zijn. Zij heeft me nooit gezegd dat ik te dik was, dat ik meer moest sporten of door de pijn heen moest lopen. Zij was niet degene die vond dat mijn krullen niet mooi waren, dat ik meer mijn best moest doen op school, want ze wist hoe hard ik werkte. Mijn vader heeft me niet gezegd dat ik vaker piano moest spelen. Het waren niet mijn ouders die al deze torenhoge eisen stelden. Dat deed ik zelf, ik weet niet waarom, ik kon het niet stoppen.

Soms kon een opmerking van mijn moeder ervoor zorgen dat ik ontplofte. Dan zei ze bijvoorbeeld: 'Ik zie toch dat het niet goed met je gaat.' Ze versperde me de weg en bleef me aankijken. Ik wilde niet dat ze het zag, dat ze wist hoe het diep vanbinnen tekeerging. Maar ik kon geen kant op, ik voelde hoe ik de controle verloor en ik met gebalde vuisten voor haar ging staan. Dat gezicht van mijn moeder, zo vlak voor het mijne. Ik zag aan haar dat ze ineenkromp onder de beschuldigingen die ik haar maakte. Haar gezicht kleurde, haar ogen werden waterig en ze stond daar maar. Maar het moest eruit. Ik wilde los, van alles en iedereen maar vooral van haar. Ken je dat gevoel dat je door iemand vastgehouden wordt maar uit alle macht wilt losbreken?

Pas nadat ik doodop en helemaal leeg mezelf in de stoel liet vallen, begreep ik dat ik woest was op mezelf. Mijn moeder was degene die de sluizen had opengezet, maar zij was niet de oorzaak van mijn frustratie. Ik hoefde mezelf niet te verantwoorden, ze wist het al. Het enige wat ze zei nadat ik was uitgeraasd, was dat wat ik ook zei en wat ik ook deed, ik haar nooit zou teleurstellen. Dat ze van me hield, onvoorwaardelijk en dat dit nooit zou veranderen.

In die tijd had ik regelmatig van die emotionele uitbarstingen. Een dag na zo'n bui ging ik met mijn moeder naar de bioscoop. Daar draaide *The fault in our stars*. De film gaat over een Amerikaans meisje dat ernstig ziek is, maar desondanks wil genieten en het leven van een normale puber wil leiden. Haar ouders zijn ontzettend bezorgd en lijken haar plannen om naar Amsterdam te gaan met haar vriendje te willen dwarsbomen. Met name de moeder van het meisje blijft om haar heen dralen, haar afremmen en kan haar niet loslaten. Na afloop van de film begreep ik hoe mijn moeder zich af en toe moet hebben gevoeld en hoeveel zorgen ze zich om mij maakte. Eenmaal buiten heb ik haar even heel stevig vastgepakt en een tijdlang hebben we elkaar daar op de stoep omhelsd en geknuffeld.

4

De ziel

Hindoes en boeddhisten geloven in reïncarnatie. Ze geloven dat je na je overlijden terugkeert in een ander lichaam. Eigenlijk is wedergeboorte een betere naam, omdat de ziel voortleeft. Je keert terug op aarde om iets te leren. Ik vind dat een mooie gedachte, dat je steeds de kans krijgt om opnieuw te beginnen. Zo'n term als 'oude ziel' vond ik altijd een beetje een vaag begrip dat vooral wordt gebruikt door van die zweverige types. Maar ik snap het steeds beter: hoe meer levens je hebt geleefd, hoe wijzer je wordt en hoe meer inzicht je krijgt. Dat spreekt me wel aan.

Ik ben niet gelovig opgevoed en dus ook niet gedoopt. Tot voor kort kwam ik zelden of nooit in de kerk, alleen voor begrafenissen en dat zijn er gelukkig niet zoveel geweest. Mijn vader is antireligie en mijn moeder zit er een beetje tussenin. Ze zijn allebei katholiek opgevoed en moesten als kind op zondagochtend naar de mis. Colombia is een zeer christelijk land en als adoptieouder werd je geacht je kind een religieuze opvoeding te geven. Blijkbaar hebben ze het voor mijn komst wat mooier voorgespiegeld dan de situatie in werkelijkheid was.

Mijn oma, de moeder van mijn vader, vertelde ons weleens een verhaal uit de Bijbel. En rond Pasen keken we altijd naar *Jesus Christ Superstar*. Mijn andere oma heeft mij op haar eigen manier gedoopt toen ik daar een keer logeerde en in bad zat, maar ik denk niet dat het op die manier echt telt. Mijn ouders vonden het belangrijk dat we tegen de tijd dat we daar zelf goed over konden nadenken, zelf een keuze zouden maken. Dat vind ik eigenlijk wel een logische redenatie, zoiets kun je nu eenmaal niet opdringen. De vraag is alleen: zul je ooit behoefte hebben aan iets waar je niet mee bent opgevoed en opgegroeid? Zo rond mijn zestiende ging ik op zoek.

Ik heb geen idee waar die behoefte vandaan kwam. Steeds vaker bespeurde ik bij mezelf een leegte die niet kon worden opgevuld. In de lessen levensbeschouwing op school bespraken we de wereldgodsdiensten, maar daar werd ik niet warm of koud van. Sterker nog: ik vond het een vreselijk vak en begreep niet wat het doel ervan was. Het gaf in ieder geval allerminst antwoord op alle vragen die ik had.

Wanneer we op vakantie in het buitenland waren bezochten we altijd de mooiste kerken en kathedralen. In Italië, in Parijs en afgelopen zomer in Barcelona probeerde ik soms de drukte van de straat even te ontvluchten en zocht dan mijn heil op een bankje voor het altaar. Soms maakte ik dan contact met een devoot omaatje die me in haar eigen taal vertelde over haar geloof. Het maakte blijkbaar niet uit dat ik haar woorden niet begreep, ik werd er wel rustiger van.

Ik weet niet of het de kerk is die me troost geeft of dat het de stilte is waar ik zo'n behoefte aan heb. Waarschijnlijk is het een verlangen naar iets anders. Iets wat voorbij datgene ligt wat wij hier kennen. Het is mijn stellige overtuiging dat er meer is dan deze wereld. En of het nu God is of Allah of Boeddha, dat maakt me niet zoveel uit. Misschien moet ik het ook niet zoeken binnen een godsdienst maar gaat het meer om mijn eigen spiritualiteit: een intense persoonlijke ervaring die niet vast zit aan een bepaald geloof, een kerk of een paus.

Sinds kort word ik weleens overvallen door een gevoel, dat ik nog het beste kan omschrijven als een soort heimwee, naar een plek die ik me heel vaag herinner, maar waar ik, hoe hard ik het ook probeer, net niet bij kan komen. In de fase tussen waken en slapen lijkt het soms of iemand zachtjes aan een koord trekt dat mij verbindt met dat onbekende. De laatste tijd lijkt het wel of er wat harder aan me wordt getrokken. Alsof er bij mijn geboorte of misschien al ver voor die tijd iets of iemand is geweest waar ik me nog steeds toe voel aangetrokken. Die verscheurdheid om zowel op de ene, als op de andere plaats te willen zijn, verklaart mogelijk mijn onrust en de reden van dat zoeken.

Van kinds af aan heb ik me altijd wel aangetrokken gevoeld tot verhalen waarin een leven na de dood werd beschreven. Het idee dat het leven na je overlijden ophoudt, vind ik onaanvaardbaar. Een van mijn favoriete kinderboeken was *De gebroeders Leeuwenhart* van Astrid Lindgren. Ik weet niet meer of het me is voorgelezen of dat ik het zelf heb gelezen, maar ik was diep onder de indruk van die twee broertjes die in een soort hiernamaals de mooiste avonturen beleven. Het verhaal begint wanneer de twee jongens vlak na elkaar sterven. De jongste die altijd ziek is geweest, krijgt in zijn nieuwe leven een gezond lichaam, maar hij blijft hetzelfde kind met eerst ook dezelfde angsten. In het boek kiezen de broers aan het slot nogmaals voor de dood. Ditmaal maken ze vrijwillig een eind aan hun leven om vervolgens in een nieuwe wereld verder te gaan. Een daad waar ontzettend veel moed voor nodig is en dat heeft het jongste broertje nu net in dat leven geleerd. Eigenlijk is het een heftig verhaal voor een tere kinderziel. Terwijl mijn ouders in die tijd hele discussies voerden of ze ons wel of niet naar het Jeugdjournaal moesten laten kijken, gaven ze ons wel zulke boeken.

Ik heb me later ook weleens afgevraagd of mijn moeder dit boek heeft gekozen met een bepaalde bedoeling. Dat zou ik me namelijk heel goed voor kunnen stellen. In elk geval was mijn moeder al vanaf jonge leeftijd veel bezig met een leven na de dood. Dat had een reden.

Toen ze een jaar of zes was, hoorde zij dat haar buurjongen van negen was verongelukt. Met zijn ouders en met zijn jongere broer was hij op vakantie een berg aan het beklimmen. Op een noodlottige manier kwam hij ten val en is kort daarna overleden.

Een paar weken later was mijn moeder als klein meisje op bezoek bij dat gezin. Ze zei tegen haar buurjongen dat het misschien een fijne gedachte was dat zijn grote broer nu in de hemel was: daar was het goed, de zon scheen altijd, er waren alleen maar lieve dieren en alles stond in bloei.

'Hoe kom je daar nu bij? De hemel bestaat niet, dat hebben mensen verzonnen om elkaar bang te maken, dat als ze niet goed hun best doen, ze in de hel komen. Mijn broer ligt gewoon onder de grond tussen de pieren.'

's Avonds lag ze in bed te piekeren hoe het zou zijn om dood te gaan. Langzaam maar zeker lukte het haar om het verhaal van de hemel en dat van de koude donkere aarde te combineren. Ze zag zichzelf terug nadat ze was gestorven, liggend op een open plek in het bos, omringd door de dieren waar ze zo van hield: een hert, eekhoorns, een egel, schattige konijntjes en een heleboel kwetterende vogels. Het was geen zonnig weer, maar ze had het zeker niet koud. Het bos zag er een beetje nevelig uit, maar ze voelde dat het veilig was.

Ik denk dat mijn moeder dit verhaal ooit aan mij heeft verteld toen ikzelf nog klein was. Blijkbaar heeft ze daarmee ook bij mij de angst voor de dood weggenomen. Mijn ouders zijn allebei dol op Zuid-Amerikaanse literatuur waar altijd veel plaats is voor de doden. In sommige landen is het heel normaal dat de tafel ook nog gedekt wordt voor de overledene. Ik vind dat een heel fijne gedachte, dat er een verbinding blijft tussen degene die gaat en degenen die achterblijven.

Het idee dat ik mijn ouders of mijn broer zou verliezen: ik moet er niet aan denken. Al mijn opa's en oma's leven nog, dus de kans is groot dat ik nog een keer afscheid van ze zal moeten nemen. En hoewel ik zelf niet bang ben om dood te gaan, vind ik het idee om een geliefd iemand te verliezen echt onverdraaglijk. Toen ik jonger was, vond ik het leven wat dat betreft veel makkelijker. Ik kon me overgeven aan mijn fantasie en als die me even in de steek liet, had ik wel een mooi boek.

Naarmate ik me minder kon verliezen in die droomwereld, begon ik het leven steeds complexer te vinden. Als kind kon ik in gedachten al mijn problemen oplossen. Wanneer ik me nu verdrietig voel of niet kan slapen, helpt mijn vader me weleens om me te ontspannen. Hij herinnert me dan aan de meditatie waar ik ooit zo goed in was en spoort me aan een fijn beeld te visualiseren. Maar wat me als kind zo makkelijk afging, lijkt me nu met geen mogelijkheid meer te lukken. Iedere keer dwalen mijn gedachten weer af naar onplezierige dingen.

Soms lukt het me wel te dagdromen over een andere wereld, een nieuwe start. Hoe zou ik dan terug willen komen, in welk lichaam? Als kind was ik gek op koala's.

Ik ben eens een keer met mijn ouders en mijn broer naar een dierentuin in Stockholm geweest waar toen tijdelijk een koalabeertje verbleef. Ik had me ontzettend op deze ontmoeting verheugd. Achter glas zag ik een wollig grijs beertje liggend op een tak, diep in slaap, niet bereid om speciaal voor mij, die hiervoor lang had gereisd, even een kunstje te doen. Hij vertikte het zelfs om zijn ogen open te doen. Ik zou wel terug willen keren als dat dier, dat zich door niets of niemand af liet leiden en precies deed waar hij zelf zin in had, namelijk slapen.

Of wilde ik juist in een nieuw leven een wereldster zijn, met een prachtig lijf, dito stem en een spannend bestaan? Eerlijk gezegd moet ik daar niet aan denken. Die immense druk die je dan moet voelen om iedere keer weer te presteren. Iedereen die naar je kijkt alsof jij het allemaal weet. Dat anderen continu de verwachting hebben dat jij het goede voorbeeld geeft. Het zou voor mij de hel op aarde zijn. Daarvoor moet ik nog heel wat levens leven voordat ik daaraan toe ben.

Misschien wil ik wel net zoals dat jongste broertje Leeuwenhart opnieuw geboren worden in een ander lichaam, niet zo ver van de mensen die ook nu bij me zijn en van wie ik zoveel hou. Dat we elkaar niet direct herkennen maar ook weer wel. Wie weet word ik dit keer geboren en blijf ik bij mijn eerste moeder. Het zou zomaar kunnen dat ik dan een blanke huid heb en blond haar. Misschien behoud ik mijn krullen en zien geliefden uit mijn vorige leven een gelijkenis in een oogopslag. Ik hoop dat ik wel weer in een gezin opgroei waar muziek wordt gemaakt en mooie verhalen worden verteld.

Eigenlijk zou ik willen dat mijn volgende leven niet zo heel veel verschilt van mijn huidige: onze zielen zullen in ieder geval dezelfde zijn. In veel opzichten ben ik heel gelukkig met dit bestaan. Ik zou in ieder geval wel de lat wat minder hoog leggen voor mezelf. Hopelijk heb ik tegen die tijd zoveel geleerd dat het me allemaal iets makkelijker af zal gaan. Dat ik net zoveel heb te geven maar mezelf daar niet helemaal voor hoef te verliezen. Als ik er goed over nadenk, is dat mijn ultieme wens, dat mijn onsterfelijke ziel eindeloos zal doorgaan. Dat ik steeds maar weer, met iets meer wijsheid en inzicht, een nieuwe start kan maken.

5

Mijn broer

Ik ken niemand die zo volledig zichzelf is als mijn broer. Terwijl ik vaak de neiging heb om het anderen naar de zin te maken, lijkt hij vooral zijn eigen koers te varen. En hoewel ik hem daarom bewonder, vind ik dat soms ook best irritant. Mijn moeder zegt weleens dat hij al sinds zijn achtste of tiende jaar, bijna volledig zelfstandig bij ons op kamers woont. De zolder is zijn domein. Bijna alles wat hij nodig heeft staat er: een groot tweepersoons bed waar hij graag in ligt, het liefst met de poes aan zijn voeten, een elektrische piano, een muziekinstallatie en een enorm bureau vanwaaruit hij door een groot raam naar buiten kan kijken.

Mijn broer is iemand die geen concessies doet. Zijn computer en telefoon mogen alleen van een bepaalde ontwerper zijn, van een goede kwaliteit en met een mooi design. Als hij iets wil, spaart hij net zolang totdat hij het zelf kan kopen. Bij mij vliegt het geld eruit, maar hij heeft echt de discipline om ergens voor te gaan. Zo heeft hij zelf al een iPad bij elkaar verdiend en nu is hij verder aan het sparen voor een nieuw mobieltje. Sinds kort heeft hij een baantje als vakkenvuller in een supermarkt. Hij wordt beter betaald dan ik op die leeftijd, maar moet daarvoor dan wel een weinig flatteus schort aan.

Mijn broer is echt ontzettend slim en heel muzikaal. Het enige vlak waarop ik hem kan verslaan is het sportieve. Niet dat hem dat een moer interesseert. Ik geloof dat hij een half jaar judoles heeft gehad en krap een jaartje heeft geturnd. Voor dat laatste had hij overigens nog best talent. Voor judo had hij waarschijnlijk bedacht dat het witte pak hem wel goed zou staan, maar al snel merkte hij dat het niets voor hem was. Als iemand al aanstalten maakte om hem vast te pakken, stapte hij van de mat. Wat dat betreft is de gelijkenis met papa ongelofelijk. Papa zegt altijd dat hij vroeger zo van wielrennen hield en dan bedoelt hij: de Tour kijken op tv.

Mijn broer is lang en slank en heeft prachtig dik, glanzend haar. Niet iedereen snapt zijn humor, maar ik kan vreselijk met hem lachen, bijvoorbeeld om mensen die zichzelf onsterfelijk belachelijk maken in een Griekse badplaats met te veel drank op of mensen die zich in de schulden steken door domme aankopen. Ik weet dat dit heel fout is, maar toch kunnen we het niet laten.

Onze absoluut favoriete serie van de laatste tijd is de reallifesoap *Keeping Up with the Kardashians*. Tijdens onze laatste vakantie in Spanje hebben we de ene na de andere aflevering gekeken. Zo'n familie die van gekkigheid niet weet wat ze met het geld moet doen, hilarisch. De hele dag zitten ze op elkaar te vitten. Hun dagen bestaan uit shoppen, een bezoek aan de kapper, schoonheidsspecialist of plastisch chirurg. Het is dikke pret.

We kunnen ook eindeloos genieten van al die programma's over hoe je een topmodel kunt worden. Het commentaar van de jury als een meisje een ietsie pietsie dikker is geworden of een wijntje heeft gedronken: smullen is dat. Vooral als het tussen de dames onderling niet botert en het uitdraait op een bitchfight, kunnen we onze lol niet op. Samen in zijn grote bed, lekker onder de dekens, met een zak chips slechte televisie kijken: topavonden zijn dat.

Toen mijn broer klein was, kon hij eindeloos naar tekenfilms kijken, naar Knabbel en Babbel bijvoorbeeld. Soms speelde hij verhalen na, zoals die keer dat hij voor het eerst *Tarzan* had gezien. Vanaf de trap sprong hij in het groene gordijn dat voor de buitendeur hing, alsof het een liaan was. De hele gordijnrail lag op de grond. Of die keer dat hij alle sjaals in huis aan elkaar had geknoopt om het verhaal van Rapunzel na te spelen.

Hij heeft jarenlang veel getekend en geschilderd. Ons hele huis hangt vol met schilderijen die hij heeft gemaakt, een aantal met een vriendinnetje samen. Een tijdlang hebben ze zelfs in opdracht geschilderd tegen een kleine vergoeding. Dat was vervolgens ook de reden dat het snel ophield. Als bij mijn broer het woord 'moeten' voorkomt, is de lol er gauw vanaf. De laatste jaren gebruikt hij vooral de computer om zijn creativiteit te uiten.

Hoewel we allebei onze eigen vriendengroep hadden, waren we tijdens de vakanties wel veel samen. Dan sliepen we op dezelfde kamer of, als we kampeerden, in hetzelfde compartiment van de tent. Wanneer er nieuwe vrienden gemaakt moesten worden, was ik vaak degene die de eerste contacten legde. We struinden samen de camping af op zoek naar leuke mensen met wie we tijd konden doorbrengen. Omdat hij niet van sport houdt en al helemaal niet van voetbal, had mijn broer altijd meer vriendinnen dan vrienden. Hij heeft altijd een hekel gehad aan drukte en bravoure.

Terwijl zijn privacy erg belangrijk is voor hem, tolereerde hij mijn aanwezigheid vaak wel. Slechts een enkele keer stuurde hij me weg, als hij echt alleen wilde zijn. Dat vind ik zo knap van hem: de manier waarop hij voor zichzelf opkomt en zijn grenzen stelt kan ik alleen maar bewonderen.

Natuurlijk vind ik mijn broer bij tijd en wijle echt ongelofelijk eigenwijs en koppig. Maar in de grond van mijn hart weet ik dat het mij zelf ook goed zou doen als ik wat meer op hem zou lijken. Zou het me gelukkiger maken wanneer ik mijn eigen plan zou uitvoeren zoals hij dat doet, zonder concessies? Ook als dit ten koste zou gaan van het geluk of het plezier van anderen? Hoelang houd je het vol om het alles en iedereen naar de zin te maken? Mijn moeder heeft het vaak tegen me gezegd: 'Je hoeft niet altijd lief en aardig te zijn. Kijk naar je broer, die laat ook het achterste van zijn tong zien en van hem houden we net zoveel.'

Mijn broer is altijd dol op dieren geweest. Toen hij klein was wilde hij kippen. Later ontwikkelde hij een liefde voor eekhoorns, maar zijn lievelingsdier is onze poes. Dat snap ik wel, eigenlijk lijken die twee precies op elkaar. Net als een kat kan mijn broer zich overgeven aan ongekende luiheid. Als hij ergens geen zin in heeft, kun je op je kop gaan staan, dan nog zal hij het niet doen. Autoriteit zegt hem niets. Hij is beleefd maar trekt ondertussen wel volledig zijn eigen plan. Honden daarentegen haat hij echt uit de grond van zijn hart. Als klein jongetje heeft hij eens een keer met zijn neus boven op een Deense dog gestaan die vocht met een andere, veel kleinere hond die hem uitdaagde. Hij vindt honden ook vies: ze plassen, poepen en kwijlen, stoppen hun neus in je kruis en likken ongevraagd je hand. Ze blaffen en grommen, zijn slaafs en afhankelijk en uiteindelijk leggen ze het altijd af tegen een kat, ook al zijn ze drie keer zo groot. Mijn vader heeft net zo'n afkeer van honden als mijn broer. Mama en ik zouden nog wel een hondje willen maar mijn broer heeft aangekondigd dan het huis uit te gaan. Ik weet zeker dat hij dat echt zou doen.

Mijn broer blijft altijd rustig en raakt niet snel in paniek. Hij heeft mij eens uit het water gered, toen ik samen met mama omgeslagen was met een kano. Ik ben ontzettend bang in water waar ik de bodem niet kan zien en was dus verschrikkelijk aan het gillen, ook al kon ik daar gewoon staan. Mama moest achter de kano aan en mijn broer heeft mij toen uit het water gehaald. Op dat moment kon hij zo ongelofelijk cool en doortastend reageren. Dat zou je in eerste instantie niet achter hem zoeken, daar heb ik me enorm over verbaasd.

Mijn broer weet dingen van mij die ik mijn ouders en zelfs vriendinnen nooit heb verteld. Ik vertrouw hem blindelings. Ook al is hij nog zo kwaad op me, hij zal nooit iets doorvertellen wat ik hem in vertrouwen heb gezegd. Daar durf ik vergif op in te nemen.

Soms zegt hij ook gewoon dat hij iets wat ik heb uitgehaald heel stom vindt. Bij hem weet ik zeker dat ik een eerlijk antwoord krijg. Hij is niet subtiel en zegt niet zomaar iets. Maar wanneer ik ruzie heb met mijn ouders kan ik altijd bij hem terecht en hij zal ook altijd mijn partij kiezen. Dat is zo fijn, dat ik dan met hem een front tegen papa en mama kan vormen.

Andersom moet ik zeggen dat ik niet altijd voor hem partij kies. Af en toe is hij zo onredelijk en boos, dan laat ik hem maar even in zijn sop gaarkoken. Dat is dan ook het beste wat je kunt doen, hem met rust laten en wachten tot de boze bui weer over is. Bij ons thuis is er een ongeschreven regel dat we in de ochtend mijn broer zoveel mogelijk met rust laten. Pas als hij ontbeten heeft, is hij weer enigszins aanspreekbaar.

Soms zie ik ons als een soort yin en yang: twee tegengestelde krachten waarvan alle aspecten van het leven doordrongen zijn. Waarbij yin staat voor vrouwelijk en yang voor mannelijk. Zo groot als onze tegenstellingen zijn, zo goed vullen we elkaar aan.

6

Nenah

Zo ongeveer rond mijn vijftiende verjaardag kregen we redelijk onverwacht een nieuwe huisgenote. Via haar werk had mijn moeder een verzoek gekregen om een gezin te zoeken voor een meisje van zestien jaar oud dat in de buurt van onze woonplaats een speciale school bezocht. De afstand van school tot haar huisadres was te groot en aanvankelijk had ze van dinsdagmiddag tot donderdagochtend opvang nodig.

Mijn moeder, die op woensdag haar vrije dag had, dacht dat het wel zou passen in ons gezin. In die tijd was er bij mij nog geen sprake van de onrust die een jaar later zo stormachtig de kop op zou steken. Thuis hing er altijd een relaxte sfeer. Wel vaker had mijn moeder het idee gehad om een pleegkind in ons gezin op te nemen. Mijn ouders zeiden weleens dat zij zich ongelofelijk bevoorrecht voelden dat zij onze ouders mochten zijn: hoeveel geluk in je leven kun je hebben? Daar mocht, wat mijn moeder betreft, best iets tegenover staan. Ze had het gevoel dat er op dat moment ruimte was binnen ons gezin om nog iets voor een ander te betekenen. Daarbij wist ze door haar werk van de wachtlijsten binnen de pleegzorg en realiseerde ze zich dat er niet heel veel mogelijkheden zouden zijn voor de opvang van een meisje van zestien. Natuurlijk overlegde zij eerst met ons wat we van dit plan vonden. We hadden nog een kamer vrij. Ze vertelde dat Nenah net als wijzelf een donkere huidskleur had, dat ze verschillende muziekinstrumenten bespeelde en dat het een lieve meid was. Van maandag op dinsdag en van donderdag op vrijdag zou

Nenah op 'Het Centrum' verblijven, een soort school zoals ze zelf zei, voor hoogbegaafde drop-outs.

We konden ons geen voorstelling maken van wat de consequenties nu precies zouden zijn, maar ik weet dat we op het moment dat de vraag ons werd gesteld, enthousiast waren en allemaal akkoord gingen. Qua leeftijd was ze krap een jaar ouder dan ik. Eindelijk een zusje, dacht ik, dat zou nog eens leuk zijn. Iemand met wie ik kon tutten, kon kletsen over jongens en uitgaan, misschien had ze wel een beetje dezelfde muzieksmaak!

De eerste kennismaking staat me niet meer zo heel helder voor de geest. Wel kan ik me herinneren dat ze wat verlegen was en ontzettend beleefd. Nenah sprak mijn ouders aan met 'u' en zou dat stug vol blijven houden. Verder werd me al snel duidelijk dat Nenah niet net als ik geïnteresseerd was in mode en make-up. Ze maakte op mij in eerste instantie vooral een wat stille en gesloten indruk. Van haar donkere kleding dacht ik af te kunnen leiden dat ze een heel andere muzieksmaak had.

De eerste tijd verbleef mijn pleegzusje van zaterdag op zondag vaak bij haar moeder of bij een vriend die in het dorp woonde waar ze oorspronkelijk vandaan kwam. Op zaterdag had ze daar ook een bijbaantje in een garage. Ik kon me geen voorstelling maken van wat je daar als meisje zoal kunt doen, maar voor Nenah leek het de perfecte job. Na een poos gaf ze aan dat ze niet meer naar huis wilde en vroeg ze of ze ook de weekenden bij ons kon wonen. Het baantje wilde ze voorlopig aanhouden maar 's avonds wilde ze weer weg uit die omgeving.

En natuurlijk was ze meer dan welkom. Van het begin af aan was mijn moeder bereid haar nek uit te steken voor dit meisje. Ik denk dat zij kansen en vooruitzichten zag waar Nenah zelf nog niet eens van durfde te dromen. Als mama iets in haar hoofd heeft, moet je van goede huize komen om het er weer uit te krijgen. Zo vertrouwde zij blind op een toekomst waarin Nenah uiteindelijk een diploma haalde, zodat ze verder kon leren voor iets waar ze gelukkig van zou worden. Door omstandigheden had ze al een aantal jaren geen gewoon onderwijs meer gevolgd en mijn moeder was bang dat ze haar talenten, die ze onmiskenbaar bezat, daardoor uiteindelijk niet ten volle zou kunnen benutten of misschien zelfs helemaal mis zou lopen. Het was haar stellige overtuiging dat dit meisje tot heel veel in staat was, als ze maar meer vertrouwen had in haar eigen kunnen.

Niet alleen was Nenah bovengemiddeld intelligent, ze speelde ook prachtig gitaar, niet onverdienstelijk piano en ze kon prachtig schilderen. Daarbij was ze lief en had ze een gave om zich onzichtbaar te maken. Het zou mijn moeder niet gebeuren dat dit meisje ergens aan de lopende band van een kippenslachterij zou eindigen. En ook al vond ze het nog zo leuk om in een garage te werken, dat moest ze maar in haar vrije tijd gaan doen. Deze kwaliteiten verenigd in een persoon vroegen om verder te worden ontwikkeld.

Hoewel we het goed met elkaar konden vinden, werden ook algauw de immense verschillen tussen ons drieën duidelijk. Een enkele keer zijn we in de schoolvakanties eropuit getrokken, een dagje Amsterdam of een dagje Rotterdam en dat maakte duidelijk dat we totaal geen overeenkomsten hadden. We waren natuurlijk ook meer en meer rebelse pubers die alle hun eigen weg wilden gaan en niet per definitie bereid waren om rekening met elkaar te houden.

Het kwam erop neer dat mijn broer naar de nieuwste Applestore wilde, ik op zoek wilde naar een drogisterij voor huidverzorgingsproducten en Nenah te bescheiden was om haar wensen kenbaar te maken. Misschien had ze het liefst een coffeeshop willen bezoeken of een biertje willen pakken op een terras, maar wist ze dat dit niet tot de opties behoorde.

Mijn moeder is altijd streng geweest ten aanzien van het gebruik van alcohol en drugs. Ze had in haar nabije omgeving al te veel jongeren onderuit zien gaan en ook voor Nenah die op dat gebied veel meer vrijheid gewend was, was ze streng. Uiteindelijk kwamen we tot een compromis waarbij we met z'n allen in een huis woonden, maar wel ieder voor zich onze privacy probeerden te bewaken en we dus ook onze eigen weg gingen.

Onze vrienden waren totaal verschillend van elkaar en die werelden bleven strikt gescheiden. Af en toe had Nenah vrienden of vriendinnen op bezoek. Met de ene had ik wat meer dan met de andere. Als je op die leeftijd ineens tot elkaar wordt veroordeeld, ben je niet de meest sociale, invoelende persoon. De maaltijden zaten we altijd met z'n vijven aan tafel: dit waren de momenten dat we deelden hoe onze dag was geweest en het leuk hadden samen. Ik zag hoe mijn moeder haar best deed het ons allemaal naar de zin te maken en hoeveel energie dat haar kostte. Ze wilde niet alleen gezond koken, maar ook nog iets wat we allemaal lekker vonden, het moet een hele klus voor haar zijn geweest.

Mijn moeder worstelde met de omgeving waarin Nenah verkeerde. Ik stond natuurlijk aan mijn moederskant, maar had soms ook weleens last van de stress die dat bij haar veroorzaakte. Niet alleen op haar werk werd er aan haar getrokken, ook thuis had ze zorgen aan haar hoofd waar ze ons onbedoeld en indirect mee lastigviel. In zekere zin vonden we ook dat ze een hoop gedoe over zichzelf had afgeroepen en begrepen we niet altijd waar ze zichzelf nu weer in had gestort.

Soms was ik trots op haar, om haar sociale en betrokken kant, maar vaak wilde ik ook mijn 'oude' moeder weer terug. Ze vertelde me weleens dat ze het gevoel had dat ze het voor niemand goed kon doen. Ik zag het aan haar, ze was moe, voelde zich uitgeput en was gefrustreerd. Ze lachte minder en het leek wel of ze alleen nog maar aan het regelen en aan het zorgen was. Uiteindelijk riep dit bij mij vooral irritatie op in plaats van compassie.

Halverwege mijn vierde jaar op de middelbare school, raakte ik zelf steeds meer uit balans. Nenah en ik sliepen op dezelfde verdieping en ik denk dat ze me vaak heeft horen huilen. Waarschijnlijk hebben we ons toen allebei heel erg alleen gevoeld en toch konden we elkaar niet troosten. We hadden onze eigen zorgen en problemen. De gevoelens van onmacht die steeds vaker en heviger bij mij de kop opstaken, maakten dat ik me nergens meer fijn voelde. Niet op school, niet bij mijn vriendinnen en in die tijd zelfs niet thuis.

Allebei sliepen we slecht en werden we achtervolgd door de spoken die 's nachts komen als je wakker bent en ligt te malen. Tegen het einde van het schooljaar werd voor mijn moeder duidelijk dat het zo niet langer ging. Nenah was onrustig, omdat ze voelde dat er van meerdere kanten aan haar werd getrokken. In die zin leken we wel op elkaar, ook zij had de neiging het iedereen naar de zin te willen maken en had moeite om voor zichzelf op te komen. Mijn moeder zag geen andere oplossing dan voor Nenah een plek te zoeken om begeleid op kamers te gaan wonen. Een paar maanden voordat ze achttien jaar zou worden, vertrok ze. Ze moest leren om voor zichzelf keuzes te maken en op eigen benen te staan, los te komen van de verwachtingen die anderen van haar hadden. En hoewel ik zag dat het mijn moeder en ook Nenah veel verdriet deed, denk ik dat het op dat moment de beste oplossing was. Mijn ouders wilden bij haar betrokken blijven, maar minder in de rol van opvoeders.

We gingen met zijn vieren op vakantie en Nenah ging met een vriendin naar een hardrockfestival in België. Langzaamaan leek er weer wat meer rust te komen en zelfs mijn moeder leek weer een beetje te herstellen. Dat jaar begon de zomervakantie al vroeg en de eerste week was het vrij rustig op de camping in De Marken. Die weken in Italië heb ik heerlijk geslapen, we gingen naar zee en lagen in een zwemband te dobberen op de golven. 's Avonds trok ik met mijn broer eropuit om met andere jongeren op het terras te chillen. Toevallig raakte ik bevriend met een meisje dat woonde in de stad waar ik, als alles goed zou gaan, over ruim een jaar zou gaan studeren. Haar ouders runden een kinderdagverblijf en verhuurden ook kamers. Stukje bij beetje ging ik me weer wat beter voelen en begon ik weer dingen in perspectief te zien.

Ik probeerde uit alle macht de ondermijnende gedachten die plots op konden duiken uit te bannen. Vlak voor vertrek uit Nederland had ik een akelige ervaring gehad met een jongen. Ik was bij hem in de auto gestapt, in een onbezonnen bui. Ik had een glas wijn te veel op. Overdag had ik de hele dag voor mijn zaterdagbaantje terras gelopen en maar half gegeten. Om een lang, maar vooral vervelend, verhaal kort te maken liep het uit op een vrijpartij die bij nader inzien zeer tegen mijn wil in doorging. Achteraf heb ik me zo vaak afgevraagd hoe ik het heb kunnen laten gebeuren, maar ik denk vooral dat ik me door hem geïntimideerd voelde. Eenmaal in die auto leek er geen weg meer terug. Misschien wilde ik ook niet kinderachtig overkomen, tenslotte was ik al een half jaar zestien. Al mijn vriendinnen hadden al eerder vriendjes gehad en ervaring opgedaan op dat gebied. In die tijd was ik ook op zoek naar een liefde, extase, een geluk dat niet te vinden was. Ik was op zoek naar een bron waar ik me aan kon laven, waar ik warm van kon worden. Die zag ik soms bij anderen maar niet bij mezelf.

Weer thuis heb ik het direct verteld tegen mijn moeder. Haar gezicht sprak boekdelen, ze schrok zich kapot. Ze zei me dat het niet mijn schuld was, dat deze jongen die veel ouder was dan ik, nooit misbruik van me had mogen maken. Ze maakte me geen verwijten over het feit dat ik te veel had gedronken. Uiteindelijk zijn we het hele traject ingegaan, van een onderzoek door de zedenpolitie, een bezoek aan de huisarts en na onze vakantie heb ik een uitvoerig gesprek gehad met een psychologe. Die maakte de inschatting dat het wel goed zou komen, dat ik sterk was en een positieve instelling had. Vooralsnog zou verdere psychische ondersteuning niet nodig zijn. Mocht er ooit weer behoefte zijn aan hulp, dan konden we altijd een beroep op haar doen, maar op dit moment leek dat zeker niet nodig.

Zelf had ik helemaal geen behoefte om nog aan het voorval herinnerd te worden. Het was mijn moeder die zich zorgen om me maakte en uiteindelijk ben ik dat gesprek aangegaan, vooral om haar gerust te stellen. Achteraf leek het wel of de hele affaire een ander was overkomen, alsof ik op het moment dat het gebeurde naar mezelf stond te kijken. Hoewel de mogelijkheid wel ter sprake is gebracht, heb ik geen aangifte gedaan, dat wilde ik niet en er was zeer waarschijnlijk ook te weinig grondslag voor geweest. Het liefst wilde ik het allemaal zo snel mogelijk vergeten, net doen alsof het nooit was gebeurd.

Alle perikelen rondom Nenah, het onrustige schooljaar dat ik achter de rug had en als klap op de vuurpijl de akelige avond met die jongen, maakten dat we deze vakantie de gelederen weer moesten sluiten. Mijn ouders lieten ons voelen hoe belangrijk wij voor ze waren en hoeveel ze van ons hielden. Regelmatig informeerden ze hoe het met me ging, maar het liefst wilde ik eigenlijk dat ze het lieten rusten en er niet meer naar vroegen. Mijn moeder zat vanaf het begin van de vakantie onder de huiduitslag. Ze dacht in eerste instantie aan een zonneallergie, maar ik had er zo mijn eigen ideeën over. Hoewel ze me hier nooit aanleiding toe hebben gegeven, bekroop mij regelmatig het gevoel dat ik mijn ouders had teleurgesteld. Ik schaamde me voor het feit dat ik ze zo had laten schrikken en voelde me verantwoordelijk voor de spanning die het bij ze had veroorzaakt.

Maar bovenal was ik teleurgesteld in mezelf. In mijn dromen had ik een heel ander beeld voor ogen gehad bij mijn 'eerste keer'. Een bed bestrooid met rode rozenblaadjes, in dat piepkleine schattige hotelletje in Saint-Germain-Des-Prés, met de volgende ochtend een ontbijt met verse jus d'orange en croissantjes was misschien wat al te hoog gegrepen geweest. Maar een strand met ondergaande zon, de blote zonverbrande huid in het warme zand had, in mijn romantische verbeelding, tot de mogelijkheden behoord.

Uit alle macht probeerde ik de donkere gedachten van sombere die me de afgelopen maanden van tijd tot tijd overvielen, weg te drukken. Wat gebeurd was, was gebeurd. Ik kon de klok niet meer terugdraaien. Verder moest ik, alsof het niet was voorgevallen, nooit meer over praten, niet meer aan denken, dan zou het vanzelf wel weer weggaan.

Bij terugkomst in Nederland hielp mijn moeder Nenah met de verhuizing naar een nabijgelegen stad. Na de zomer zou ze via het volwassenenonderwijs starten om haar vwo te halen. De afgelopen maanden had ze al in deelcertificaten bijna volledig op eigen kracht haar wis- en natuurkunde eindexamen gehaald. Vanaf nu zouden mijn ouders vanaf de zijlijn meekijken en daar waar nodig helpen. Hun deur zou altijd open blijven staan voor dit moedige meisje dat ze in hun hart hadden gesloten.

Aan het einde van de zomervakantie keek ik terug op een roerige tijd. Aan alle voorwaarden om het laatste schooljaar goed te beginnen was voldaan. Ik voelde me uitgerust. Nenah was op haar plek en zou zich net als ik gaan voorbereiden op haar eindexamen. Mijn ouders hadden een goede vakantie gehad en hadden zich beiden voorgenomen het qua werk en andere activiteiten rustiger aan te doen. Ze hadden zich expliciet uitgesproken alles eraan te doen om voor mij de rust en de ruimte te creëren die ik nodig had om optimaal te kunnen functioneren. Ik zag en voelde aan alles dat ze er voor me waren en er altijd voor me zouden zijn. *No matter what!*

7

Vriendschap

Ik zie mezelf als een trouwe, loyale vriendin. Vanaf de kleuterklas tot het begin van de middelbare school had ik een en dezelfde hartsvriendin. We waren net Duo Penotti, sowieso qua onze huidskleur, maar ook wat betreft onze saamhorigheid. Vaak speelden we samen en af en toe spraken we af met meer meisjes uit onze klas. Met een aantal vriendinnen uit dat groepje ben ik altijd bevriend gebleven.

Ik weet niet precies wat onze vriendschap nu zo speciaal maakte. Uren waren we zoet met verkleedpartijen en we verzonnen er hele verhalen bij. Ik denk dat toen al mijn liefde voor mode en make-up is ontstaan. In een herfstvakantie zijn we eens naar De Koningin van Pieterburen gereden, helemaal in het noordelijkste puntje van Nederland: een bed and breakfast die werd gerund door een geweldige, theatrale gastvrouw. Zij trakteerde ons op ontbijt met taartjes en had een kamer vol met verkleedkleren en schminkspulletjes. We hebben daarna ook nog de zeehondencrèche bezocht, maar dat heeft niet half zoveel indruk gemaakt.

Wat we ook erg graag deden is elkaar kietelen. Op een gegeven moment hield ik het dan niet meer en dan kon ik het niet laten om mijn vriendin te krassen met mijn nagels. Was ik misschien bang om van het lachen in mijn broek te plassen of kwam ze te dichtbij? Ik weet niet meer waarom ik dat deed.

Wat later kwam, was de liefde voor muziek: voor haar was dat de viool en voor mij de piano. Aan het begin van de middelbare school waren we een beetje uit elkaar gegroeid. Het was tijd voor een adempauze. Een jaar later ging zij naar het conservatorium in Den Haag en zagen we elkaar veel minder. Af en toe kwamen we elkaar nog tegen bij het uitgaan en dan was het altijd fijn om elkaar te zien. Het leek erop dat onze oude vriendschap de laatste maanden weer nieuw leven werd ingeblazen. Een paar maanden geleden zijn we nog naar een concert geweest in Antwerpen. Dat was eigenlijk weer helemaal als vanouds.

Gedurende mijn middelbareschooltijd had ik een andere vriendin met wie ik erg close was. Claire behoorde al tot de cirkel van meisjes met wie ik op de basisschool omging. Vanaf de eerste dag op onze nieuwe school tot de laatste heeft zij me iedere ochtend opgehaald. En dat terwijl het logistiek logischer zou zijn geweest als ik naar haar huis was toegegaan in plaats van andersom. We wonen in dezelfde straat, maar haar huis was honderd meter dichter bij school dan het onze. Terwijl het vijf minuten fietsen was, presteerde ik het om altijd pas bij de laatste bel naar binnen te sprinten. Ik heb het volledig aan haar te danken dat ik me niet mijn halve schoolcarrière bij de conciërge heb moeten melden vanwege te laat komen.

Ik heb me weleens afgevraagd of dat geworstel met tijd te maken had met mijn Caribische inborst. Mijn moeder zei altijd dat ik haar zo goed kon afremmen omdat ik zo volledig relaxt kon zijn wanneer iedereen stond te jagen. Maar evengoed heeft ze zich ook vaak groen en geel geërgerd omdat ze op me moest wachten. Vooral papa had daar een broertje dood aan. Zat iedereen al lang en breed in de auto, stond ik nog te twijfelen welke schoenen of welke oorbellen ik zou kiezen.

Mijn vriendinnen daarentegen hadden engelengeduld met mij. Je wilt niet weten hoe ik iedereen liet wachten voordat ik klaar was om uit te gaan. Eindeloos kon ik bezig zijn met het kiezen van een outfit, mijn kapsel, in een knot of toch maar los. Vooral in de periode dat ik mijn krullen beu was en ik mijn haar met de stijltang te lijf ging, heb ik de vriendschap ongelofelijk op de proef gesteld.

Meestal was het op mijn kamer verzamelen voordat we uit gingen. Het samen tutten hoorde bij de avond, soms waren die momenten zelfs leuker dan het uitgaan zelf. Alles was dan nog mogelijk. Die belofte van een perfecte mix van de juiste mensen, de beste muziek en misschien wel een ontmoeting met de jongen van je dromen. Achteraf denk ik oprecht dat ik vaak meer genoot van de voorpret.

De eerste drie klassen van de middelbare school verliepen probleemloos. We hadden een hecht groepje van drie meiden en drie jongens waarbij er af en toe even sprake was van een verliefdheid over en weer of een bescheiden flirt. Uiteindelijk begrepen we dat het de vriendschap geen goed zou doen en lieten we het maar. Met z'n zessen vierden we Koninginnedag, keken we voetbal en gingen we op stap. Ik denk dat die drie jaar misschien wel de mooiste van mijn leven waren.

Op school ging het goed hoewel ik er hard voor moest werken. Mijn cijfers waren redelijk en ik kreeg steeds meer een beeld van welke richting ik uit wilde. Rekenen en wiskunde waren het grote struikelblok, talen gingen me relatief makkelijk af. Ik koos Spaans als extra vak, omdat ik dat mogelijk nog nodig zou hebben in de toekomst wanneer ik op zoek zou gaan naar mijn 'buikmoeder'. Ik vrees dat ik de leraren weleens tot wanhoop dreef met mijn geklets, maar ik kon geloof ik wel een potje breken. Ook met de conciërge, die mijn vader nog had gekend van zijn eigen schooltijd, had ik een goede band. Mijn vader had me geadviseerd dat ik vooral met hem op goede voet moest blijven, en dus bouwde ik subtiel aan een imago van vrolijke flapuit die het niet kwaad bedoelde.

Mijn mentor in het tweede en derde leerjaar was een docent in hart en nieren. Zo'n man waar je er meer van zou willen, zo een die altijd volledig gaat voor zijn leerlingen. Met een ongelofelijke passie en energie stond hij voor de klas. Aanvankelijk kon ik me een beetje geïntimideerd voelen door hem, maar ik begreep algauw dat ik niets te vrezen had. Dit was iemand die het goed met me voorhad, zolang ik geen misbruik zou maken van zijn betrokkenheid.

Zo staat me ook de muziekdocente voor ogen. In het vierde en laatste examenjaar koos ik muziek als eindexamenvak. Het was in mijn zwarte periode waarin ik eindeloos aan mezelf twijfelde, dat zij me moed insprak. Zonder haar vertrouwen in mijn kunnen, had ik nooit het punt bereikt waarop ik in mijn eentje op een groot podium piano had gespeeld.

Ondanks de oprechte aandacht die ik kreeg van een aantal docenten, begon ik me steeds meer te ergeren aan die kleine, veilige en vertrouwde school. Zelfs mijn vrienden en vriendinnen konden me af en toe verschrikkelijk tegenstaan. Eerlijkheidshalve moet ik toegeven dat ik daar zelf ook een beetje schuldig aan ben geweest. Vanaf het vierde leerjaar begon de sfeer op school te veranderen. We hadden onze profielen gekozen en ons vertrouwde clubje werd verdeeld over verschillende lokalen. Ik had me verheugd op het moment waarop ik een aantal vakken kon laten vallen, waardoor ik het makkelijker zou krijgen met studeren, maar het tegenovergestelde gebeurde.

Ik vond het steeds moeilijker me te concentreren en merkte dat ik ook in de les mijn aandacht niet bij de stof kon houden. Het was in deze periode dat ik was begonnen met wat ik noemde 'mezelf te perfectioneren'. Al mijn vriendinnen waren lang en blond en hoewel ik blij was met mijn huidskleur was ik minder blij met mijn krullen en mijn figuur. Bij tijd en wijle voelde ik me lelijk en dik. Het eerste wat me te doen stond was rigoureus mijn eetgewoontes omgooien. Het was gedaan met boterhammen, aardappels, pasta en rijst. Vanaf nu zou ik een dieet volgen van fruit, groente en water. Ik zorgde er wel voor dat mijn moeder het niet in de gaten had, want die was toch al altijd bezig met gezond eten en wat haar betreft hoorden koolhydraten daar ook bij. Bij het avondeten at ik met de pot mee, maar overdag leefde ik op fruit, komkommer, paprika's en water.

Het viel mijn vriendinnen op dat ik zo vaak de klas uit moest om te plassen. Zij maakten opmerkingen over mijn eetgedrag en dat kon me mateloos irriteren. Zij hoefden zich geen zorgen te maken over hun figuur. Het leek alsof zij konden eten wat ze wilden, ze bleven toch wel slank, maar ik moest ervoor ploeteren. Dat had ik er wel voor over. Niet alleen ging ik anders eten, ik besloot ook intensief te gaan sporten. Thuis oefende ik met gewichten en minimaal drie keer per week ging ik hardlopen. Ik had ergens gelezen dat je door vijfenveertig minuten per dag te hoelahoepen de perfecte taille kreeg, dus ik legde mezelf op dat minimaal een uur per dag te doen, in het weekend soms zelfs twee keer per dag.

Ik was trots op het feit dat ik beter liep dan al mijn vriendinnen. Het feit dat ik steeds meer last kreeg van blessures probeerde ik te negeren, want wie mooi wil zijn moet nu eenmaal pijn lijden. Ik had een doel voor ogen en daar moest ik wat voor over hebben. Eindeloos heb ik geëxperimenteerd, ik dacht eraan hairextensions te nemen en droomde van een volmaakt uiterlijk. Hoe vaker mijn moeder zei dat ik mooi was zoals ik was, hoe meer ik ging twijfelen aan mezelf. Ook mijn vriendinnen vertelden me dat ze jaloers waren op mijn krullen, maar het kwam niet binnen. Alles wat ze zeiden was voor mijn gevoel een soort medelijden. En terwijl mijn strenge dieet zijn vruchten afwierp, ik steeds slanker werd en mijn huid er perfect uitzag, voelde ik me allerminst gelukkig. Leren lukte niet, ik voelde me niet meer op mijn gemak op school en bij mijn vrienden. Ik zonderde me steeds meer af van het bekende groepje en zocht nieuwe mensen op. Op zoek naar herkenning of bevestiging, eigenlijk weet ik niet wat ik in die tijd zocht.

's Avonds huilde ik mezelf vaak in slaap, als ik al in slaap viel. Moe en ellendig straalde ik niet het zelfvertrouwen en de schoonheid uit waar ik het allemaal voor deed. Steeds meer dwaalde ik af van wie ik ooit was geweest. Naar de buitenwereld bleef ik de mooie, lieve en communicatieve meid die voor iedereen een vrolijke groet of een aardig woord had. Maar vanbinnen voelde ik me eenzaam en ellendig. Iedere keer weer probeerde ik de accu op te laden, maar het leek of ik steeds meer verwijderd raakte van mijn doel. Ik vervreemdde niet alleen van mezelf, maar ook van mijn veilige, vertrouwde vriendengroepje.

De ommekeer kwam uiteindelijk pas halverwege mijn laatste schooljaar. Ik kwam tot het inzicht dat mijn streven naar perfectie me allesbehalve bracht waar ik op hoopte. Integendeel, ik kon me nauwelijks concentreren op mijn huiswerk en dat was aan mijn punten te zien. Hoe hard ik ook werkte, mijn cijfers kelderden. Mijn lijf deed zeer, ik sliep slecht en voelde me somber en alleen. Vlak voor mijn centraal schriftelijk besloot ik dat het afgelopen moest zijn.

Mijn eerste prioriteit was mijn eindexamen halen. Het zou onverteerbaar zijn nog een jaar op deze school en in deze stad te moeten doorbrengen. Een fysiotherapeut had me verteld dat koolhydraten me de energie zouden geven die ik nodig had voor mijn studie. Blijkbaar had ik wel oren naar objectieve informatie van een buitenstaander, maar wantrouwde ik de adviezen van iedereen die te dicht bij me stond. Hij had er tenslotte geen belang bij om mij naar de mond te praten.

Ik gooide het roer volledig om en ging als een gek brood en pap eten. Mijn moeder zag me bij het ontbijt met een bord havermout waar een lepel rechtop in kon blijven staan. Ze adviseerde me om de gulden middenweg te kiezen, was bang dat ik door mijn extreme verandering van eetpatroon buikklachten zou krijgen, maar het was tegen dovemansoren gericht. In die tijd had ze op haar kop kunnen gaan staan, ik nam van niemand iets aan: niet van mijn vriendinnen en al helemaal niet van mijn moeder. Ik werd soms gek van haar begrip en haar optimisme.

Vlak voor het centraal schriftelijk kwam het tot een climax. Ik voelde me nerveus en twijfelde aan alles. Hoe ongeduriger ik werd, hoe meer mijn moeder om me heen cirkelde. Uiteindelijk heb ik haar een ultimatum gesteld: 'Als je me nu niet met rust laat, dan vertrek ik.' Met een vriendin had ik al overlegd en daar kon ik terecht.

Vanaf dat moment liet ze me mijn gang gaan. Mijn ouders probeerden me zoveel mogelijk ruimte te geven en lieten merken dat ze vertrouwen in me hadden. Als ik het dan echt alleen wilde doen, dan kon dat. Overdag waren ze op hun werk en 's avonds gingen ze naar vrienden of naar de bioscoop. Ze zeiden: 'Dit is jouw huis, jij moet tot rust komen, wij gaan wel weg.'

Maar ook na mijn examen bleef ik me opgejaagd voelen. Ik sliep slecht, had moeite om me te concentreren en was regelmatig helemaal de kluts kwijt.

Het enige wat me een beetje troost gaf, waren de nieuwe vrienden die ik maakte. Ik zocht veel contact met een meisje dat een jaar eerder eindexamen had gedaan. Zij had ouders die van de Antillen kwamen en bij hen voelde ik me thuis. Het was zoeken naar mijn identiteit. Wie ben ik? Waar hoor ik bij? Ook een meisje met wie ik vroeger pianoles had gehad, zocht ik steeds vaker op.

De diepgang die ik miste bij het vertrouwde vriendengroepje, zocht ik bij hen. Wanhopig was ik op zoek naar nieuwe impulsen.

Mijn eindexamenfeest moest een slotstuk worden van een heftige en moeilijke tijd. Kosten nog moeite werden gespaard. Al twee jaar stond vast dat ik het samen met twee vriendinnen die ik al van de basisschool kende, zou organiseren. Officieel wisten we nog niet eens of we geslaagd waren, de uitslag zou pas een week later volgen. Mijn ouders hadden toegezegd alles uit de kast te trekken om er een leuke avond van te maken. Of ik nu geslaagd was of niet, dat was volgens hen van ondergeschikt belang: ik had zo hard gewerkt, dit had ik hoe dan ook verdiend.

Ik verheugde me ontzettend op wat het afscheid van mijn school zou moeten zijn, maar ik maakte me zorgen over ongeveer alles. De aanloop naar het feest was redelijk stressvol: ik maakte me zorgen over de aankleding van de tuin, de hapjes, de muziek en of er wel genoeg drank zou zijn. Moest het een *dance*-sfeertje krijgen of juist iets meer met Hollandse hits? Hadden we wel de goede mix van mensen uitgenodigd, zou het geen *clash of cultures* worden? Wat zou ik aantrekken: die groene jurk of toch iets anders?

Ik wilde strak de regie houden en er mocht niets aan het toeval overgelaten worden. Stel je voor dat het saai zou worden en iedereen rond twaalven stilletjes weg zou gaan? Achteraf had ik waarschijnlijk meer van mijn eigen feest kunnen genieten als ik de touwtjes wat had kunnen laten vieren. Die avond hebben zo'n tachtig jongeren een superleuke avond gehad en iedereen ging pas ver na middernacht weg.

Een week na mijn feest kwam het verlossende telefoontje dat ik was geslaagd. Het was een wonder dat ik in de chaos van mijn overkokende brein school tot een goed einde had weten te brengen. Mijn ouders waren zielsgelukkig. Ze hadden al een beetje rekening gehouden met een andere uitslag en zouden hier hoe dan ook vrede mee hebben gehad, ware het niet dat het voor mij een ramp zou zijn geweest.

Even liet ik iedereen weer toe. Mijn moeder probeerde de onrust van de afgelopen tijd te verklaren door me inzicht te geven in de emotionele ontwikkeling van het puberende brein. Ze nam me mijn recente boosheid en woedeuitbarstingen niet kwalijk. Ook mijn vriendinnen vergaven me mijn onredelijke buien. Al met al waren zij zelf ook niet het toonbeeld van innerlijke rust en beschaving geweest.

Alles zou goed komen. Ik was geslaagd met één onvoldoende maar daar zou ik nog een herkansing voor kunnen doen. Drie maanden lang kon er worden gefeest. Het moest de mooiste zomer van mijn leven worden, want ik had alle tijd totdat ik met mijn vervolgstudie zou starten. De barbecue ging aan en de zomer kon beginnen.

Maar ondanks dat de druk van het leren deels was weggevallen vond ik niet de stilte waar ik op had gehoopt. De hyperactiviteit bleef lang doorijlen en maakte dat ik soms rare dingen deed. Het ene moment beloofde ik mijn ouders om te koken, het andere moment zat ik met een vriendin in een stad honderd kilometer verderop en realiseerde ik me dat ik met geen mogelijkheid het eten op tijd op tafel zou hebben staan. Ik sprak af met vrienden om een terrasje te pakken en had vervolgens geen geld voor de trein terug. Een paar keer heb ik bekenden gebeld die me uit de penarie moesten helpen, waar ik me dan achteraf weer schuldig over voelde.

Alle omstandigheden waren goed, het was prachtig weer en binnenkort zou het WK voetbal beginnen. Met vrienden zou ik de wedstrijden in de stad gaan bekijken. Er moest gefeest worden, ik was euforisch, had het gevoel dat ik alles aankon. Ik ging tot laat uit en ondanks dat ik moe was en wist dat mijn ouders zich zorgen maakten kwam ik soms pas tegen de ochtend thuis. Ik wist niet meer of het half vijf of half zes 's ochtends was. Het kon me niet schelen. Tot voor kort was ik altijd het brave meisje geweest, dat was afgelopen. Ze konden allemaal de boom in. Nu was het mijn beurt.

Ik verheugde me ontzettend op de start die ik zou gaan maken na de vakantieperiode: een andere stad, een leuke studie en vooral creatieve, inspirerende mensen om me heen. Dolgraag wilde ik met een schone lei beginnen. De zomer duurde nog lang en zou me de tijd geven om de accu weer helemaal op te laden. Dat was mijn wens, wat ik het allerliefste wilde, alles achter me laten en opnieuw beginnen. Ik zou eerst de kat uit de boom kijken en dan stukje bij beetje mijn plekje daar veroveren. Geen stommiteiten meer uithalen, proberen gelukkig en tevreden te zijn met de kansen en mogelijkheden die ik kreeg aangereikt. Nu moest het gebeuren, de toekomst zou vandaag beginnen, de wereld lag voor me open.

8

De liefde

Misschien ken je die uitdrukking wel: *Himmelhoch jauchzend zum Tote betrübt*. Mijn ouders gebruikten deze woorden vaak om aan te geven hoe ze mijn wisselende stemmingen in die tijd zagen. En ik denk dat ze tot op bepaalde hoogte gelijk hadden. De zin die op dit bekende citaat volgt hoor je overigens zelden, maar raakt volgens mij nog veel meer de kern als het gaat over de liefde, namelijk: *Glücklich allein ist die Seele die liebt*. Hoewel Duits bepaald niet mijn favoriete vak is, ik heb het zelfs vlak voor mijn centraal schriftelijk nog laten vallen, slaat meneer Goethe hier de spijker op de kop.

Ik ben altijd erg hartstochtelijk geweest in de dingen die ik deed. Het was nooit zomaar of een beetje. Tot voor kort kon ik daar vooral mijn voordeel mee doen en ontzettend van genieten. Er zijn bijvoorbeeld romantische komedies die ik wel tig keer heb gezien. Oude films met Audrey Hepburn doen me verlangen naar een andere tijd. Op vakanties was ik altijd op zoek naar van die mooie oude vergeelde ansichtkaarten, ze gaven me een gevoel van nostalgie. Soms denk ik weleens dat ik in de verkeerde tijd ben geboren. Volgens mijn ouders ben ik echt een onverbeterlijke romantische ziel.

Muziek kan me tot tranen roeren. Een stem die breekt of de eerste akkoorden van een vioolconcert. En niet te vergeten de mode. Een mooie avondjurk van knisperende organza en zijde of zeldzaam hoge hakken onder frêle open schoentjes, daar kan ik echt van vol schieten. Er zijn vast mensen die dat vreselijk overdreven vinden, maar het is echt zo: mooie dingen maken me willoos en slap in de knieën. De keerzijde van dit oeverloos genieten is dat ik ook intens verdrietig kan zijn. Toch zou ik beide kanten van mijn karakter niet willen missen. Het een kan niet zonder het ander.

Tot voor kort had ik deze waaier van gevoelens nog redelijk onder controle. Over het algemeen hield ik mezelf aardig in bedwang en alleen binnen de beslotenheid van ons gezin durfde ik me af en toe helemaal te laten gaan. En hoewel mijn ouders redelijk nuchtere mensen zijn en zich allerminst mee lieten slepen door mijn gedweep, deden ze dit niet af als aanstellerij.

Hoe open en eerlijk ik in veel opzichten naar mijn ouders was, over mijn verliefdheden heb ik altijd mijn mond stijf dicht gehouden. Mijn moeder kon het vaak niet laten te gissen naar welke jongen ik speciaal vond. Soms wist ze het te raden, maar ik ging nog liever dood dan dat ik dat naar haar toe zou bevestigen. Ik denk dat ze ook wel goed aanvoelde dat ik het best fijn zou hebben gevonden een vriendje te hebben. Zeker de afgelopen paar maanden ben ik wanhopig op zoek geweest naar de liefde die alles goed zou maken.

Stiekem hoopte ik op die ene die helemaal voor me zou gaan. Die net zoveel van mij zou houden als ik van hem. Het moest iemand zijn die aan een oogopslag genoeg zou hebben om te weten hoe ik me voelde. Die precies de goede smaak in muziek zou hebben en me mee zou nemen naar dat ene concert waar eigenlijk geen kaartjes meer voor waren. Hij moest stil zijn, maar ook de juiste woorden kunnen vinden. Mooi zijn, maar niet te glad. Lief zijn, maar ook tegengas durven geven. Slim, grappig zijn en fantasie hebben zouden absolute voorwaarden zijn voor degene aan wie ik mijn hart zou verliezen. Ik ging voor die ene prins op het witte paard, niet meer en niet minder.

Tijdens mijn middelbareschooltijd ben ik een paar keer flink verliefd geweest. Vaak hield ik het stil omdat ik mijn geheim wilde koesteren. Het moment waarop ik het zou uitspreken, mijn gevoelens voor de ander zou verraden, had het in een tel voorbij kunnen zijn. Zolang ik mijn gedachten voor me hield was alles mogelijk. Diegene die altijd zo'n goede vriend was geweest kon in mijn dromen zomaar de liefde van mijn leven zijn. En die knappe jongen uit de bovenbouw die zo onbereikbaar leek, bleek in mijn fantasie al jaren stiekem een 'crush' op me te hebben.

Tot nu toe was ik hem nog niet tegengekomen, mijn perfecte date. Zou ik hem überhaupt ooit vinden in deze stad, of in een andere? Of waren de eisen die ik stelde onmogelijk? Maakte ik het mezelf soms te moeilijk door al bij voorbaat allerlei hooggespannen verwachtingen te hebben? Wanneer ik zo aan het mijmeren was over mijn ideale man, kon ik ineens aan mijn buikmoeder denken. Had zij de partner van haar dromen gevonden? Was er iemand die voor haar zorgde en al haar wensen uit liet komen?

In Colombia is er een overschot aan vrouwen omdat er door decennia geweld zoveel mannen zijn gesneuveld. De mentaliteit van de Latijns-Amerikaanse man is niet erg vrouwvriendelijk. Hoe vaak is zij teleurgesteld in de liefde? Zou ze het nog aandurven of had ze besloten haar leven alleen te leiden? Hoeveel liefdesverdriet kun je verdragen voordat je zegt: 'Nu is het genoeg'? Of stoot je je keer op keer weer aan dezelfde steen, omdat je liever een ezel bent dan alleen?

In *Liefde in tijden van cholera* beschrijft García Márquez een man die een leven lang wacht op dezelfde vrouw. In de tussentijd heeft hij wel honderden affaires met andere vrouwen, maar dat neemt niet weg dat zijn hart toebehoort aan die ene. Op het eind van zijn leven komen ze bij elkaar. Hoelang zal het duren totdat ik de ware zal vinden? Hoeveel mislukte liefdes zal ik nog moeten verdragen? Natuurlijk heb ik wel leuke jongens ontmoet maar Mister Perfect zat er nog niet bij.

Zeker, ik ben nog hartstikke jong en ik moet er niet aan denken dat ik vast zou zitten aan een vriendje. Je kent ze wel, die kleffe stelletjes die geen tijd meer hebben voor hun eigen vrienden: oersaai. Toch kan ik me er nu al zorgen over maken of ik mijn grote liefde ooit zal vinden. Stel dat ik op het verkeerde continent zit! Het zou wel heel toevallig zijn als mijn toekomstige man aan het einde van de straat woont.

Regelmatig had ik een kortstondige flirt met iemand die ik tijdens het uitgaan ontmoette of van school kende. Eerlijk gezegd heb ik aan aandacht van jongens nooit gebrek gehad. En hoewel daar echt wel hele leuke afspraakjes bij zaten, waren ze nooit van lange duur. Het zou best zo kunnen zijn dat mijn wensen en verlangens ten aanzien van het andere geslacht niet erg reëel waren. Misschien was ik wel te enthousiast en schrok mijn uitbundigheid ze af. Wanneer ik ook maar even het gevoel had dat de liefde te veel van één kant kwam, mijn kant, dan kapte ik er snel mee. Als ik twijfelde aan de oprechtheid van de ander, maakte ik een einde aan de relatie, voordat de ander het zou doen. Onverschilligheid kon ik niet uitstaan.

Natuurlijk heb ik mezelf op deze manier soms al bij voorbaat buitenspel gezet. Geloof maar dat ik nachten heb gehuild vanwege de teleurstellingen die ik te verwerken kreeg. Mijn vriendinnen snapten niet waar ik me druk om maak. Zij hebben vriendjes, ook al vinden ze die af en toe ontzettend irritant. Maar je wilt toch niet samen zijn met een jongen die je niet helemaal het einde vindt? Ik snap niet dat mensen zo snel tevreden kunnen zijn. Het plaatje moet helemaal kloppen, anders hoeft het niet voor mij. Liefde is blind zeggen ze weleens, maar daar heb ik geen last van. Zo verliefd als ik kan zijn, ik zie toch altijd wat er niet deugt en dan is het snel over. Ik weiger concessies te doen.

Steeds meer ging het me dagen. Langzaam maar zeker werd het me duidelijk dat ik geen keuze had, dat ik niet anders kon. Ik wilde mijn leven zo intens als maar mogelijk was leven, maar voelde me vaak door mijn lichaam en gedachten gevangen. Intens leven is intens gewond kunnen raken of voelen dat die intensiteit soms bij anderen geen weerklank vindt. Dat heeft niets te maken met mijn ouders of met mijn vrienden, maar alles met hoe ikzelf in elkaar zit, dat realiseer ik me heel goed. Dat is de aard van het beestje, zo ben ik nu eenmaal. Desnoods zou ik aan hartstocht ten onder gaan. Ik wil alles of niets.

9

Barcelona

Het onbestemde gevoel, dat me naarmate ik ouder werd steeds vaker bekroop, heeft denk ik maar ten dele te maken met mijn adoptie. Wanneer ik de foto's bekijk die mijn ouders hebben gemaakt tijdens ons verblijf in Colombia, zijn die kleurige, zonnige beelden bijna niet te rijmen met de verhalen van het excessieve geweld die ook bij dat land horen.

Mijn broer en ik zijn altijd blij geweest dat onze ouders ons hebben geadopteerd. Want wat zijn je kansen als je start vanuit een kindertehuis zonder familie in een land verscheurd door oorlog en agressie? Ik heb adoptie altijd gezien als de minst slechte keuze van die twee. De ene is creperen in je geboorteland en de ander is een kans krijgen in een ander land. Ik ben opgegroeid in een warm gezin.

Afgelopen zomer tijdens het WK voetbal hoopte ik op een finale tussen Nederland en Colombia. Ik vond het lastig om te kiezen voor wie ik dan het meest zou juichen. Zover is het helaas niet gekomen. Ik heb nog wel de wedstrijd Colombia-Brazilië gezien. Gelukkig moest ik die avond oppassen bij een gezin met drie voetbaljongens. Soms word ik thuis niet goed: mijn ouders geven niets om voetbal. Ze hebben weleens om mij een plezier te doen een groot scherm in de kamer geplaatst, zodat ik met vrienden kon kijken. Mijn moeder liep dan gewoon, het liefst tijdens een intens spannend moment, even naar de keuken om een drankje te halen. Papa kijkt eigenlijk alleen de wedstrijden van het Nederlands elftal en dan nog alleen tijdens het EK of het WK. Ik geloof niet dat mijn broer ooit een voetbalwedstrijd uit heeft gekeken. Soms verlang ik weleens naar een gezin met iets meer testosteron.

Zo rond mijn zestiende werd mijn verlangen op zoek te gaan naar mijn buikmoeder steeds sterker. Ik wilde met name weten of ik op haar leek, niet zozeer qua uiterlijk maar vooral vanbinnen. Ik wilde weten of zij zich ook weleens zo eenzaam en alleen voelde, terwijl er zoveel mensen om je heen zijn die van je houden. Het was een verlangen dat af en toe de kop opstak en me ineens weemoedig kon maken. Hoe zou mijn leven zijn als ik daar was gebleven?

Het plan was om zo rond mijn achttiende op zoek te gaan. Mijn ouders stonden ervoor open, maar het moest dan wel met beleid gebeuren. Ze wilden dat ik goed nadacht over mijn zoektocht. Maar juist in deze periode moet je al over zoveel dingen nadenken. Wat wil ik met mijn leven? Wat ga ik studeren en, nog veel belangrijker, in welke stad? Wie wil ik worden? Wat wil ik zijn en wat ben ik al? Ik vond dat ik harder moest leren, meer moest sporten, gezonder moest eten, langer piano moest oefenen, mezelf minder af moest zonderen van mijn vrienden en bovenal: gelukkiger moest zijn met wie ik was.

Was het de puberteit of maakte ik een identiteitscrisis door? Ik heb vaak op internet gezocht wat er met me aan de hand was. Het ene moment kon ik ontzettend veel lol hebben met mijn vrienden en het volgende moment voelde ik me leeg en somber. Ik probeerde mezelf op te monteren door er zo perfect mogelijk uit te zien, maar kon ontzettend piekeren over mijn uiterlijk. Mijn kledingkeuze, de kleur van mijn nagels, het moest allemaal kloppen. Ik denk dat ik makkelijk een complete designersoutfit met originele Louboutins had kunnen kopen van het geld dat ik in mijn haar heb gesmeerd. Het was ondenkbaar dat ik met onverzorgde handen naar buiten ging. En dan natuurlijk niet met van die nepnagels maar goed gemanicuurd en stijlvol gelakt met een base- en een topcoat. Ik moet zeggen dat ik altijd trots ben geweest op mijn handen, klein met lange slanke vingers, gespierd van het pianospelen.

Gelukkig had ik net een baantje bij de leukste en beste lunchroom in de stad.

Geen haar op mijn hoofd die eraan dacht om vakken te gaan vullen bij de een of andere supermarkt. Iedere zaterdag werkte ik me het schompes. Ik voelde me ontzettend onzeker over mijn aanwezigheid daar. Werkte ik wel hard genoeg? Maakte ik geen vergissingen met de betalingen? Zag ik er wel representatief uit? Die zomer zou ik eerst met mijn ouders en mijn broer naar Spanje gaan. We hadden het plan om een strandvakantie te combineren met een paar dagen Barcelona. Daarna zou ik even thuis zijn om vervolgens weer terug naar Spanje te gaan. Ik zou drie weken meegaan op vakantie met een gezin om als au pair voor een schattig meisje van acht jaar te zorgen. Van al mijn oppaskindjes hield ik het meest van haar. Dolgelukkig was ik toen haar ouders me vroegen of ik dit wilde doen. Ik voelde me trots en vereerd en ik zou ervoor zorgen dat ze de mooiste vakantie van haar leven zou krijgen.

Ik zocht naar mensen die me een gevoel gaven dat ik de moeite waard was, dat mijn harde werken een verschil zou maken. Volgens mijn ouders was ik hyperactief, ze maakten zich zorgen, waren bang dat het zou leiden tot een depressie. Ik had het gevoel dat mijn brein op volle toeren werkte, het lukte me nauwelijks om tot rust te komen. Het was alsof ik de somberte en de vermoeidheid wilde verdringen door nog meer te ondernemen. Hoe onzekerder ik me voelde, hoe harder ik mezelf overschreeuwde. Mijn ouders probeerden me af te remmen, maar het werkte averechts. Ik ging alleen maar harder rennen. Naar buiten toe probeerde ik uit alle macht de schijn op te houden en vertelde ik tegen iedereen die het maar horen wilde over mijn grootse toekomstplannen. Alleen degenen die dicht bij me stonden wisten hoe moe ik eigenlijk was.

Zelfs de huisarts waar mijn ouders me mee naartoe namen, overtroefde ik met een monoloog over hoe goed het wel niet met me ging. Hij nam alle tijd voor ons en toen we na afloop zijn spreekkamer uitliepen zat de wachtkamer vol. Oké, ik was iemand die hoge eisen aan zichzelf stelde en ja, dat was heel vermoeiend, maar zo was ik nu eenmaal. Ik zie ons daar nog zitten, met z'n drieën: mijn vader heeft nauwelijks iets gezegd en mijn moeder zat erbij alsof ze het ook niet meer wist. De huisarts wilde dat ik met een coach ging praten. Volgens hem was ik niet depressief, maar hij vond wel dat ik het wat rustiger aan moest doen. Ik vond dat er niets met me aan de hand was, ik was moe en druk in mijn hoofd, had gewoon vakantie nodig en was niet van plan iets te veranderen. Alles wat me ooit aan communicatieve en sociale vaardigheden is bijgebracht, heb ik die ochtend ingezet. Ik wist wat ik wilde en niemand zou me daarvan afhouden. Om mij hoefden zij zich geen zorgen te maken: ik wilde vooral met rust gelaten worden en mijn eigen gang gaan. Mijn ouders hadden hun twijfels over of ze zo wel met me naar het buitenland konden gaan, maar ik wilde per se. Het idee dat we niet zouden gaan was onverdraaglijk. Gelukkig gaf de huisarts aan dat vakantie me misschien goed zou doen. We zaten in een huisje op een camping aan zee, dus ik kon in mijn eentje naar het strand als ik dat wilde. Ik geloof dat mijn ouders begrepen dat ze me mijn ruimte moesten gunnen. Natuurlijk had ik ook met vriendinnen naar zo'n vreselijke, lelijke, drukke badplaats kunnen gaan, maar met z'n allen in een goedkoop, veel te klein appartement, aan zo'n sfeerloze boulevard waar alleen maar snackfood te krijgen is, dat is niets voor mij. Dan ging ik toch echt liever met mijn ouders en mijn broer mee.

De eerste tien dagen in Spanje waren oké. Behalve dan dat ik de tweede dag met mijn moeder in het ziekenhuis zat. Ik had al een tijdlang veel last van buikpijn. Die eerste vakantiedagen kwam de pijn tot een explosie en mijn ouders vertrouwden het niet. Na onderzoek bleek dat mijn darmen niet goed meer werkten. Na maandenlang voornamelijk smoothies te hebben gedronken, was ik vlak voor mijn eindexamen als een gek pap en brood gaan eten. Nu was de hele boel verstopt geraakt, wat enorme kramp veroorzaakte. Na de eerste dagen met klysma's op het toilet doorgebracht te hebben, kon de vakantie beginnen. Natuurlijk vond ik het een gênante vertoning, maar ik hield me groot. Mijn moeder had me er nog zo voor gewaarschuwd, zij zou me niet horen klagen.
In de ochtend sliep ik lang uit, 's middags slenterde ik naar de zee en 's avonds ging ik met vrienden een terrasje pakken. Eén keer ben ik met mijn broer kilometers langs het strand gelopen, naar een of andere strandtent. Er hing daar

een gemoedelijke sfeer, leuk publiek en er werd goede muziek gedraaid waarop ik uitbundig danste. Mijn broer wilde op een gegeven moment terug maar ik had het veel te veel naar mijn zin. Ik weigerde om mee te gaan omdat ik wist dat hij me toch nooit alleen zou laten. Uiteindelijk moesten we in het pikkedonker langs een stijl rotspad zeker een uur lang terug klimmen naar onze camping. Terwijl ik altijd degene was geweest die met iedereen rekening hield, was ik nu koppig, nam onnodig grote risico's en trok volledig mijn eigen plan.

Ik heb het hem nooit gezegd maar die twee weken steunde ik meer op mijn jonge broertje dan hij op mij. Voor het eerst was hij degene die de eerste contacten legde en die ook opzocht zonder dat hij mij daarbij nodig had. Terwijl ik die eerste vakantiedagen alleen naar het strand ging, bleef hij met zijn nieuwe vriendinnen bij het zwembad. Mijn ouders gingen in de ochtend vaak een stuk wandelen of een plaatsje bezoeken. En dus ging ik alleen op pad, met mijn handdoek en mijn tijdschrift. Mocht iemand al denken dat ik me alleen voelde, dan kon ik me achter mijn glossy verstoppen. Wanneer mijn broer of mijn ouders later in de middag het strand opkwamen was ik toch altijd weer blij met hun gezelschap.

Hoe was het toch mogelijk dat het me niet lukte om te genieten? Alles was er: zon, zee, strand, heerlijk eten. Mijn ouders deden hun best, waren lief en begripvol maar ik bleef rusteloos. Mijn hele lijf deed zeer. Ik had veel last van buikpijn en een oude blessure aan mijn scheenbeen speelde op. Om van het strand ons huisje te bereiken moest ik een stevige klim maken, die de klachten verergerden. Mijn moeder had mijn onderbeen ingetapet, maar ik had niet het idee dat dit verlichting bracht. Op mijn slippers of sneakers strompelde ik de berg op en af. Ik weigerde rustiger te doen en liep door de pijn heen.

We zaten dat jaar in de buurt van een prachtig pittoresk dorpje waar de zus van mijn vader en haar vrouw hun vakantie vierden. Mijn ouders hadden er met z'n tweeën, maar ook later, toen wij nog heel klein waren, verschillende vakanties doorgebracht. Ze bewaarden mooie herinneringen aan die tijd en vertelden over de fietstochten die ze in de buurt hadden gemaakt met mijn broer en mij achterop. Lachend vertelden ze over mijn broer die, toen hij nog klein was, geen moment uit het oog verloren kon worden, omdat hij zonder blikken of blozen de zee in liep. En hoe hij eindeloos kon kijken naar de ijsjes op de menukaart, wijzend met zijn vinger naar welke hij zou kiezen.

Ik ergerde me aan alles, de sfeer die gemoedelijk had moeten zijn, de verhalen over vroeger. Normaal gesproken zou ik me enorm hebben verheugd om mijn tante en haar hoogzwangere vrouw te zien. Mijn broer en ik hadden dat jaar nog een paar dagen bij hen gelogeerd. We waren met ze naar de bioscoop geweest, hadden samen gewinkeld en een leuke, ontspannen tijd beleefd. Het plan was nu om een middag en avond met elkaar door te brengen. Zij hadden het idee om te gaan eten in een leuk visrestaurant aan het strand. De weg daarnaartoe zou een mooie wandeling moeten zijn langs de kust, maar ik kon nauwelijks lopen van de pijn. Mijn moeder stelde voor de auto te halen om me zo een klim te besparen. Hoe meer ze haar best deed, hoe irritanter ik haar vond. Haar geredder hing me de keel uit en mijn ogen schoten vuur. Niemand wist goed raad met me en huilend liep ik voor ze uit. Mijn broer was stil en leek zichzelf onzichtbaar te willen maken.

Ik kon niet meer van het eten genieten zoals anders. Het was alsof ik mijn lijf niet meer vertrouwde. De geur, de kleur en de smaak van het eten, alles viel tegen. Op de kaart had het er nog aantrekkelijk uitgezien maar eenmaal op mijn bord deed het me niets. Het lukte me nauwelijks om tot het dessert op mijn stoel te blijven zitten. Ik had zin om bij het eten alcohol te drinken, praatte te veel en te hard. Het interesseerde me op die momenten niet wat anderen van me dachten. Mijn ouders lieten het een beetje gebeuren in de hoop dat ik uiteindelijk weer zou bedaren. Terwijl ze me tot voor kort geen groter plezier hadden kunnen doen dan uit eten gaan, kon het me nu geen bal meer schelen. Ik voelde bij mijn ouders en broer de spanning dat ik de boel zou laten escaleren en ik kon me nog net inhouden.

De tweede week van onze vakantie hadden we een appartement gehuurd in Barcelona, vlak bij de Ramblas. De multiculturele wijk zoals mijn moeder het omschreef, leek in mijn ogen meer op een achterbuurt. Nadat we minstens een uur met onze bagage door de nauwe straatjes van de stad hadden gelopen op zoek naar het juiste adres kwamen we aan op de plek van bestemming. Een donker steegje waar het afval vanuit de openstaande ramen zo langs het wasgoed naar beneden werd gegooid.

'Het lijkt wel een seks-, drugs- en woningnoodbuurt,' fluisterde ik tegen mijn broer. Bij binnenkomst in een donker en vies trapportaal bleek dat we de keuze hadden om de trappen te nemen, vier hoog, of in een piepkleine lift omhoog te gaan. Eenmaal boven bleek ons appartement nog verrassend ruim en mooi maar de drie sloten op de voordeur beloofden niet veel goeds.

Mijn moeder reageerde met haar o zo kenmerkende maar zo nu en dan o zo irritante positivisme en roemde de kwaliteiten van onze slaapplek zonder aandacht te hebben voor de minstens zo zichtbare nadelen. Ik had me ontzettend verheugd op deze week in een wereldstad, maar zag ook op tegen de dagen dat we met z'n vieren op elkaars lip zouden zitten. Ik kon hier niet zomaar even weg. In Barcelona zit je vijf minuten van de Ramblas direct midden in de gribus. Een keer ben ik ertussenuit geknepen en zonder geld over de hekjes van de metro gesprongen. De privacy die ik op onze vorige stek had, was hier afwezig. Ik voelde me opgesloten en prikkelbaar.

Volgens mij heb ik deze vakantie wel honderd selfies gemaakt. Het was alsof ik mezelf vast wilde leggen, bang dat ik anders zomaar zou verdwijnen. 's Avonds en in de nacht was ik continu online. Ik miste mijn vrienden en wilde met ze in contact blijven. Barcelona moest worden ontdekt, maar ik kon niet wachten om naar huis te gaan. Die tegenstrijdige gedachten hielden me uit mijn slaap.

De bezienswaardigheden in de stad interesseerden me eigenlijk nauwelijks. We bezochten het museum van Picasso, gingen met de metro naar Parc Güell en stonden in de rij voor de Sagrada Familia. Dat moment weet ik nog goed omdat het, zover ik me kan herinneren, de enige keer is geweest dat mijn broer het niet voor me heeft opgenomen.

Het zag ernaar uit dat we nog minimaal anderhalf uur zouden moeten wachten om de kerk te bezichtigen. Mijn broer had zich al weken verheugd op dit bezoek en hij had zich goed voorbereid. Hij kon van iedere zijde van dit monumentale gebouw het verhaal vertellen dat daar werd uitgebeeld. Nu is hij sowieso al erg geïnteresseerd in architectuur, maar Gaudi vond hij waanzinnig. Het kleurgebruik, de mozaïeken en de glooiende lijnen had hij nooit eerder gezien, in welke bouwstijl dan ook.

Die ochtend was ik al opgestaan met een donkere wolk boven mijn hoofd en de enige manier waarop die zou verdwijnen was door te gaan shoppen. Terwijl we in de rij stonden begon ik een scène te maken. Steeds harder pratend liet ik blijken niet van plan te zijn zo lang te moeten wachten voor een gebouw dat nog niet eens af is. Ik zag hoe mijn broer zijn geschokte gezicht van me afwendde en ik wist dat ik die ochtend niet meer op zijn steun hoefde te rekenen.

Ik wist me met mezelf geen raad en hoe mijn ouders ook probeerden me gerust te stellen, ik kon hen niet om me heen verdragen. De enige bij wie ik me nog een beetje op mijn gemak voelde was mijn broer, maar ook die leek zich nu van me af te keren. Uiteindelijk heeft hij de Sagrada urenlang samen met mijn moeder bekeken. En hoewel mijn vader bij me bleef en met me mee terugging naar ons appartement, voelde ik me verraden en in de steek gelaten. Later die middag zocht ik toch zijn gezelschap weer op.

Ik voelde me die week zo alleen, ik kon het niet verdragen om ook nog mijn broer tegen me in het harnas te jagen. Gelukkig was hij vergevingsgezind en kon hij nooit lang boos op me blijven. Dat wist ik en daar was ik hem die vakantie ongelofelijk dankbaar voor.

Het was alsof ik in een rollercoaster van emoties zat en mezelf niet kon stoppen. Degenen van wie ik het meest hield en die het dichtst bij me stonden wilde ik van me afstoten. Wanneer de sfeer neigde naar knus, voelde ik de drang om die opgeklopte gezelligheid de nek om te draaien. Het liefst had ik willen schreeuwen, iedereen van me af willen duwen. Laat me maar, laat me asjeblieft met rust, laat me alleen, maar houd me wel heel stevig vast en zeg dat het goed komt.

De stad was te heet en te druk en de chaos versterkte mijn gevoel van onveiligheid. Alleen in de grote kathedraal lukte het me een beetje tot rust te komen. De gotische wijk waar de kerk is gesitueerd met zijn nauwe doorgangen gaf schaduw en er was plaats voor muzikanten en straattheater. Het leidde me af van mijn eigen hersenspinsels. Er liepen ganzen rond over de binnenplaats. En de reden daarvan vond ik een mooi verhaal. Op het centrale binnenplein van het oude klooster zijn altijd dertien ganzen aanwezig. Elke gans vertegenwoordigt een jaar in het leven van een jong meisje dat door de Romeinen in de vierde eeuw werd doodgemarteld vanwege haar religie. Geen idee waarom, maar het ontroerde me hevig.

De laatste avond gingen we naar een schattig restaurant vlak bij ons appartement. De regen viel die avond met bakken uit de hemel. Ik ergerde me aan alles en iedereen. Ik weet niet meer wat de aanleiding was, maar op een gegeven moment ben ik van tafel opgestaan en naar buiten gerend. Op het nabijgelegen pleintje stond een Mariabeeld. Mijn vader vond me even later geknield voor het beeld, huilend, volkomen in paniek. Hij wist zich geen raad, hoe kon hij ook, ik wist het zelf niet eens.

Iedereen was opgelucht toen we na die vijf dagen Barcelona naar huis vlogen: mijn ouders omdat ze me veilig thuis hadden kunnen krijgen, mijn broer omdat hij de kat had gemist en ik kon niet wachten mijn vrienden terug te zien. Eenmaal thuis wilde ik eigenlijk direct weer weg. Toen mijn moeder zag dat ik een koffertje had gepakt om ergens anders te gaan slapen, versperde ze me de weg en sloot ze de deur zodat ik niet weg kon: 'En wil je me nu vertellen waarom je zo boos bent?'

Huilend en struikelend over mijn woorden schreeuwde ik haar toe dat ik gek werd. Gek van het gebrek aan privacy, dat ik mijn vrienden had gemist, maar dat ze me ook tot wanhoop dreven, dat ik het huis uit wilde, op kamers, weg uit deze dodelijk saaie stad. Dat ik gek werd van mijn ouders, dat ik het altijd voor iedereen goed wilde doen en dat ik dat niet meer op kon brengen. Dat ik doodendoodop was, terwijl ik uitgerust had moeten zijn van de vakantie. Ik spuugde de woorden bijna uit, tot ik helemaal leeg was. Mijn moeder zei dat ze blij was dat ik haar vertelde wat er in me omging. Dat ze met papa zou overleggen hoe ze mij het beste konden steunen zonder me te veel voor de voeten te lopen. Die avond sliep ik in mijn eigen bed.

Een paar dagen later zou ik weer naar Spanje gaan, als au pair. Enerzijds verheugde ik me ontzettend om weer terug te gaan naar de zon, maar anderzijds voelde ik ook de behoefte om bij mijn vrienden te zijn. Nog steeds voelde ik me moe en uitgeblust. Mijn moeder was bezorgd en stelde voor om niet te gaan, maar dat was geen optie. Opgeven past niet bij me. Ik zou nooit iemand teleurstellen door mijn belofte niet na te komen. En dus ging ik een paar dagen later, vastbesloten om er voor iedereen een leuke vakantie van te maken.

Met die gedachte vertrok ik: deze keer zou ik er iets moois van maken. Ik zou proberen tegelijk met mijn oppaskindje naar bed te gaan en goed en gezond te eten, zodat ik uitgerust en stralend zou kunnen beginnen aan het nieuwe studiejaar. De zon zou me goed doen en ik zou eindelijk de rust vinden waar ik zo naar verlangde.

En wat ik voor onmogelijk had gehouden, gebeurde: na twee dagen miste ik mijn moeder. Ik voelde me alleen en ontzettend verantwoordelijk voor de taken die ik had. Na drie dagen verloor ik iedere schroom en belde ik naar huis, of ze geen zin had om met een vriendin mijn kant op te komen. Maar haar vakantie zat er op, ze moest weer aan het werk. Later zei ze me dat ze het ook fijn had gevonden even wat afstand te nemen. Zodat we allebei weer zouden voelen wat we voor elkaar betekenden.

Waarschijnlijk is in deze periode langzaam de twijfel ontstaan over de voorgenomen zoektocht naar mijn afkomst. Ik moest al zoveel van mezelf, had het idee dat ik mijn leven hier maar net een beetje op orde had. Het idee dat ik ook nog een relatie moest onderhouden met een moeder in Colombia die misschien ook allerlei verwachtingen van mij zou hebben: het was te veel. Ik besloot het plan voor me uit te schuiven. Mijn vader had de documenten die nodig waren al zover mogelijk in orde gemaakt. Het was aan mij om mijn motivatie op papier te zetten. Waarom wilde ik op zoek? Wat hoopte ik te vinden? Hoe zou ik omgaan met de mogelijkheid dat mijn biologische moeder me niet wilde zien? En wat als mijn moeder arm zou zijn? Natuurlijk waren mijn ouders bereid daarin te ondersteunen maar zou ik in Nederland nog met een gerust hart een lipstick, nagellak of een bloesje dat ik eigenlijk niet nodig had kunnen kopen?

Ondertussen lag op mijn nachtkastje het boek *Alleen op de wereld* van Hector Malot. Ik vind het moeilijk om onder woorden te brengen wat er allemaal in me om ging maar op een of andere manier symboliseerde dit boek mijn innerlijke wereld van dat moment.

10

Mijn vader

Ooit heb ik eens opgevangen in een gesprek tussen mijn ouders dat mijn vader zich aanvankelijk een leven zonder kinderen had voorgesteld. Pas toen hij mijn moeder ontmoette, werd het een onderwerp waar hij over moest nadenken. De komst van mij en mijn broer is dus allesbehalve vanzelfsprekend geweest. Ik ben blij dat hij van mening is veranderd, want ik had me geen fijnere vader kunnen wensen.

De eerste twee jaar van mijn leven was mijn vader het meest voor me thuis. Hij is neerlandicus en in die tijd gaf hij nog les. Met twee vrienden was hij plannen aan het ontwikkelen om een eigen reclamebureau te beginnen. Aanvankelijk hadden ze boven een pizzeria in de stad een klein kantoortje. Regelmatig werden de vergaderingen bij ons thuis gehouden, zodat mijn vader werk en het vaderschap kon combineren.

Wanneer het mooi weer was, ging hij met zijn compagnon en met mij in de kinderwagen een wandelingetje maken. Tenslotte kun je ook vergaderen met een biertje op een terras in de zon en ik geloof dat ze zelfs weleens een overleg hebben gehad in de speeltuin. Mijn vader ging overal op de fiets naartoe met mij in het kinderzitje. Een paar jaar later, toen ook de compagnon kinderen had, werd er op recepties van bedrijven die ze als klant hadden weleens besmuikt gesproken over het wagenpark van mijn vaders kantoor, dat bestond uit fietsen met kinderstoeltjes voor- en achterop. Als ik foto's uit die tijd bekijk van mijn vader achter de kinderwagen, dan zie ik een intens gelukkige man.

Gek genoeg heeft hij me weleens verteld dat hij niet zoveel had met die eerste jaren, toen we nog heel klein waren. Mijn vader begon het ouderschap pas echt te waarderen vanaf het moment dat we konden praten. De eerste periode van doorwaakte nachten vanwege tandjes die doorkwamen of kinderziektes die elkaar snel opvolgden, had hij volgens mij liever overgeslagen. Ik denk zelfs dat hoe ouder we werden hoe meer hij van ons kon genieten.

Naast de liefde voor zijn gezin en voor muziek had mijn vader een grote passie voor de stad waar hij woonde. Op alle mogelijke manieren was hij bezig om zijn geboortegrond 'op een hoger plan' te tillen. De plek waar hij is geboren en getogen was vroeger een onooglijke textielstad. Mijn ouders hebben weleens verteld dat toen zij nog jong waren er nauwelijks iets te beleven viel. Een tijdlang was er geen bioscoop en er waren maar een paar kroegen.

Ik vond de bezieling waarmee mijn vader over zijn geboortegrond sprak soms benijdenswaardig. Zijn enthousiasme wakkerde bij mij het besef aan dat ik van 'een exotische soort' ben en daarmee voelde ik ook de drang om me te onderscheiden. Moest ik trots zijn op mijn Colombiaanse roots of wilde ik me toch liever identificeren met mijn Nederlandse wortels? Ik kon kiezen wat ik wilde zijn, maar dat maakte het soms ook wel ingewikkeld. Mijn moeder heeft weleens gezegd dat ze overal zou kunnen wonen zolang ze ons maar om zich heen had. Hoe dan ook, voor mijn vader leek het allemaal veel eenvoudiger. De grond waar hij geboren was, zou ook zijn laatste rustplaats worden. In de tussentijd zou hij af en toe, liefst niet te lang, naar het buitenland op vakantie gaan zodat hij weer het gevoel van blijdschap kon ervaren bij thuiskomst.

Mijn vader was trots op zijn afkomst en vond dat het maar eens afgelopen moest zijn met het minderwaardigheidscomplex dat al decennialang aan de bewoners van zijn stad kleefde. Met een vriend die ooit zijn docent Duits was geweest, schreef hij oudejaarsconferences als ode aan Helmond. Jarenlang gingen wij een paar dagen voor de jaarwisseling naar het theater om naar papa te kijken, die zijn oude vriend begeleidde op de piano.

We mochten dan achter de coulissen. In de kleedkamer stonden oliebollen en champagne. Hoewel ik maar de helft begreep van wat er op die avonden op het toneel gebeurde, wist ik wel dat het mijn vader was die een aandeel had in het vermaak van een zaal vol met mensen. Later zat hij in verschillende bandjes en genoot hij daarvan. En zo trots als hij op mij was, zo zielsgelukkig was ik dat hij mijn vader was.

Toen ik klein was, speelden we weleens quatre-mains op de piano. Ik wist dat ik hem geen groter plezier kon doen. Vaak vroeg ik hem naar de muziek uit zijn jeugd en dan zag ik hem opveren. Samen achter de computer YouTube-filmpjes opzoeken van zijn favoriete bands. Wanneer ik allang was afgehaakt, bleef hij maar roepen: 'Deze moet je ook écht nog horen.'

Na een paar jaar ploeteren was het reclamebureau uitgegroeid tot een volwaardig en succesvol communicatie-adviesbureau. Mijn vader bleef er nuchter onder. Hij is nooit een man geweest van het grote geld en was meestal op tijd thuis voor het eten. Liever besteedde hij zijn energie aan ons. Het was zijn ambitie om comfortabel te kunnen leven. In zijn optiek was dat tijd hebben om dingen te doen die je leuk vindt.

Mijn vader was niet het type man die met ons ging sporten of ons leerde hoe we een vogelhuisje in elkaar moesten timmeren. Hij heeft me nooit laten zien hoe ik de band van mijn fiets moest plakken. Dat was zijn taak, dat deed hij graag voor me. Wanneer er in huis geklust moest worden, was het vaak mijn moeder die de boor of de hamer ter hand nam. Mijn vader zei dat hij best handig was maar er gewoon geen zin in had. Ik heb deze bewering van hem nooit kunnen controleren. Net als mijn broer was hij erg sterk in dicht bij zichzelf blijven en vooral niet te veel aan alle verwachtingen voldoen. Als het niet goed voelt, dan moet je het niet doen. Een veelbetekenende uitspraak van mijn vader was: 'Het is wel goed hè.'

Wat dat betreft had ik wat meer een voorbeeld moeten nemen aan mijn vader en mijn broer, die vaak volledig hun eigen koers bepaalden en zich daar door niets of niemand van af lieten brengen. Alleen voor mijn moeder ging hij keer op keer weer door de knieën en dat wist ze. Een voorbeeld? We hebben een tijdje ontzettende pech gehad met onze katten. De ene na de andere legde het loodje. Op een gegeven moment hadden we zoveel geld uitgegeven aan de dierenarts dat mijn vader zei: 'Nu is het genoeg, er komt hier voorlopig geen kat meer in.' Bij mij op school zat een jongetje waar ze op dat moment thuis een nestje jonge kittens hadden. Samen met mijn moeder en mijn broer gingen we een kijkje nemen en iedereen weet dat je verkocht bent wanneer je oog in oog staat met pasgeboren poesjes. Mijn moeder was zo vertederd dat ze er niet één naam, maar twee. Tegen ons drieën kon hij natuurlijk niet op en wanneer mijn moeder dan vergoelijkend naar hem lachte, was hij om.

Overigens maakt zij geen misbruik van papa's toegeeflijkheid. Mijn vader is geen man van de grote gebaren en mijn moeder vraagt daar ook niet om. Ik denk dat die twee echt het beste in elkaar naar boven halen. De intensiteit waarmee mijn moeder haar emoties beleeft kan af en toe buiten proportie zijn: vrienden die het moeilijk hebben, dingen op haar werk, maar ook beelden op televisie kunnen haar compleet uit balans brengen. Mijn vader is dan altijd degene die met zijn relativerende woorden rust kan brengen en haar kan troosten. De gematigde wijze waarop hij in het leven staat is een goede tegenhanger voor de golven van gevoelens die mijn moeder soms overspoelen.

Heel af en toe kon mijn moeder ontzettend boos op me worden. Meestal ging dat over het feit dat ik geen keuze kon maken wat er in mijn koffer moest wanneer ik op vakantie ging. Gemakshalve propte ik dan maar alles wat ik had aan sieraden, schoenen en kleren in mijn tassen zodat de ritssluitingen onder hoogspanning stonden. Mijn ouders vonden dat we als gezin met één ingecheckte koffer en ieder tien kilo handbagage makkelijk een vakantie door moesten kunnen brengen. Ik ben weleens als een soort gangsterrapper volgehangen met sieraden en met meerdere lagen kleding over elkaar aan door de detectiepoortjes bij de douane gelopen. Terwijl de rest al lang door de controle was, moest ik iedere keer weer opnieuw. Op die momenten nam mijn vader het voor me op. Hij stuurde mijn moeder weg om even stoom af te blazen en zorgde dat ook de laatste spulletjes nog meekonden. Nu ik erover nadenk, kan ik me eigenlijk niet herinneren dat mijn vader ooit echt heel boos op me is geweest.

Misschien komt dat ook wel omdat hij zich al jaren bezighoudt met hatha yoga. Ooit begon hij ermee omdat hij zoveel last had van hoofdpijn, waarschijnlijk doordat hij te verkrampt achter de computer of de piano zat. Een aantal jaren heeft hij lessen gevolgd en zat hij samen met nog één man tussen allemaal vrouwen. Ik geloof dat hij zich daar wel prima voelde, hoewel hij het kopje kruidenthee na afloop altijd oversloeg. Sindsdien begint zijn ochtend met een aantal oefeningen voordat hij naar zijn werk gaat.

In mijn puberteit kwamen er natuurlijk ook andere gevoelens naar boven als het om mijn vader ging. Af en toe vond ik hem zo'n ontzettende softie met z'n yoga en zijn verzameling poëziebundels. Ik heb het met vrienden weleens gehad over mijn vader 'met zijn kutgedichten'. Ook een doorn in het oog was zijn opstelling ten aanzien van voetbal. Welke vader kijkt nu geen voetbal? En dan natuurlijk nog het gemis aan goede smaak wat betreft zijn auto.

Ik weet nog dat hij op een middag een auto ging kopen. Je moet weten dat bij ons thuis over auto's wordt gesproken aan de hand van de kleur. Mama gaat meestal met de blauwe naar haar werk en papa met de rode. Die rode auto was toen een Ford Fiësta van zeventien jaar oud die mama had gekregen van een moeder van een vriend. Nadat papa en mijn broer waren aangereden door de dochter van de begrafenisondernemer bij ons uit de buurt, was dit koekblik met een schade van tweehonderd euro total loss.

Er moest dus een andere auto komen, niet te duur, want geld geef je per definitie niet uit aan auto's. Die middag kwam papa thuis met een onooglijk autootje met een zeer onbestemde kleur. Volgens mijn moeder was nog het ergste dat die auto ontzettend stonk, alsof een oude baas er zijn hele leven dikke sigaren in had zitten roken. Mijn vader heeft een eigen bedrijf en een beetje representatief moest hij toch wel voor de dag komen vond mijn moeder.

Maar voor mijn vader was een auto niet meer dan een vervoermiddel. Om met zijn woorden te spreken, het interesseerde hem zogezegd 'Geen ene reet'. Het liefst ging hij met de fiets, of als het verder weg was met de trein. Mijn moeder heeft de eerste tien jaar dat ze haar rijbewijs had minstens vier auto's total loss gereden en nog een heleboel blikschade veroorzaakt. De garagehouder heeft eens voorgesteld om op iedere hoek van de auto een vlaggetje te plaatsen, omdat ze overal deuken inreed. Het was op een gegeven moment zo erg dat papa geweigerd werd door zijn verzekering. Uiteindelijk hebben ze toen op mijn moeders naam een polis afgesloten terwijl zij alle schades had veroorzaakt. Hem kon het allemaal niet boeien.

Wanneer mijn vader naar zijn werk ging en dan met name naar nieuwe klanten, moest hij 's ochtends altijd eerst even bij ons door de keuring. Omdat hij kleurenblind is, heeft hij weleens de neiging om een verkeerde combinatie kleren uit te kiezen. Vaak beweerde hij dan in eerste instantie dat het prima bij elkaar paste. Nadat mijn moeder hem met een 'nee, dat kan echt niet samen' had gevraagd een andere outfit aan te trekken, keek hij vragend naar mij. Steun zoekend om toch zijn gelijk te halen vroeg hij dan ook mijn mening en als ook ik afkeurend het hoofd schudde, begreep hij dat hij zich echt moest gaan omkleden.

Mijn vader liet me altijd merken hoe dol hij op me was. Wanneer ik na een lange dag thuiskwam, zag ik door het keukenraam het gezicht van mijn vader oplichten. Nog voordat ik de sleutel in het slot kon steken, had hij de voordeur al voor me geopend.

'Fijn dat je er bent, ik heb je net een app gestuurd om te vragen hoe laat je er zou zijn. Hoe is je dag geweest? Kom gauw binnen, mama heeft lekker gekookt, ik zet je fiets wel even in de schuur.'

Bij een optreden met zijn band vroeg hij altijd of ik ook zou komen. Meestal ging ik vooral om hem een plezier te doen. Wanneer hij dan mijn gezicht in het publiek opmerkte, zag ik hem glunderen en knipoogde hij naar me.

Hij is ook een keer met mij mee naar een concert geweest. Ik wilde dolgraag naar Kanye West en Jay-Z, maar ik kende niemand die op dit gebied mijn muzieksmaak deelde. Papa vond het onverantwoord dat ik alleen ging en ik denk dat hij het stiekem ook wel leuk vond. Hij trok in zijn eentje het gemiddelde leeftijdsniveau flink omhoog. Alleen maar gekleurde mensen en dan mijn vader met zijn grijzende slapen. Eigenlijk heeft hij helemaal niets met rap en hiphop, maar aan het einde van het concert werd de hele menigte opgezweept en hebben we met z'n tweeën voor het podium staan jumpen, juichen en gillen.

Het laatste jaar is onze relatie wat gecompliceerder geworden. Mijn vader was meer dan mijn moeder bereid me mijn vrijheid te gunnen. Als kind had hij van zijn ouders ook alle ruimte gekregen om zijn eigen gang te gaan. Maar ook hij zag mijn onrust en ik zag dat hij zich zorgen maakte.

In juli, tijdens de Tour de France waar mijn vader zo'n liefhebber van is, knipte ik een foto uit de krant waarop een fietser te zien was die met veel moeite een berg beklom en zich een weg moest banen door een haag van fans en toeschouwers, die hem bijna de doorgang versperden. Ik schoof het plaatje onder zijn neus met de woorden: 'Die wielrenner dat ben ik, dit is wat je bij mij ook doet, snap je het nu?'

Natuurlijk begreep hij de weinig subtiele boodschap en ik merkte daarna dat hij zocht naar een gulden middenweg om me enerzijds te beschermen en me anderzijds tegemoet te komen. Hij had zelf een leuke studententijd gehad en wilde mij die allerminst ontzeggen.

Voor mijn vertrek als au pair naar Spanje had ik een uitgebreid gesprek met mijn ouders. Het oorspronkelijke idee was dat ik halverwege het eerste studiejaar, rond mijn achttiende op kamers zou gaan. Ik zou dan wat meer zicht hebben of de studie me beviel. Daarbij zou ik dan al wat meer mensen kennen met wie ik mogelijk in een huis wilde wonen. Mijn ouders hadden nu besloten me de mogelijkheid te geven eerder op eigen benen te gaan staan. Aanvankelijk vonden ze me daar nog te jong voor. Met deze ommekeer hoopten ze dat de vrijheid die ze me boden me meer rust zou geven en zou voorkomen dat ik me los zou vechten. Dit idee moest wel uit de koker van mijn vader komen. Hij

zei letterlijk: 'Wij gaan een paar passen achter je lopen, geef jij maar aan welke kant je op wilt, wij volgen wel.'
Het plan dat er nu lag was dat ik tijdens mijn introductie op zoek zou gaan naar een geschikte woonruimte. In het weekend zou ik een baantje gaan zoeken om een bijdrage te kunnen leveren aan mijn nieuwe leventje. Alle hobbels om op mezelf te gaan wonen waren genomen, de keuze was nu aan mij. Het gevoel van euforie dat ik had verwacht, nu alle kansen voor het grijpen lagen na de zwaar bevochten vrijheid, bleef uit.

'Ik heb mama's oude fiets opgeknapt zodat je straks daarmee ook vooruit kunt. Er zit nog geen verlichting op maar dat regel ik nog wel. Morgenochtend, voordat ik ga werken, breng ik je naar het introductiekamp. We hebben een tentje geregeld en een goed luchtbed zodat je voldoende van de grond ligt, dan krijg je het niet zo koud.'
Alles was bij thuiskomst uit Spanje voor me geregeld. Eigenlijk vond ik dat wel best, want ik had niet veel tijd meer voordat het nieuwe studiejaar begon. Deze week zou ik al een paar dagen gaan kamperen om kennis te maken met mijn medestudenten. Hoewel ik er ontzettend zin in had, voelde ik me helemaal niet uitgerust. Terwijl ik toch bijna drie maanden verlost was geweest van school. Ik moest maar proberen het niet te laat te maken tijdens dat kamp en ik vroeg me af of dat me zou gaan lukken. Met veel te veel bagage voor twee overnachtingen bracht mijn vader me weg, richting mijn toekomstige woonplaats. De komende vier jaar zou ik Breda onveilig gaan maken.
De eerste indruk tijdens de introductie was positief. Ik had leuke mensen ontmoet en ontzettend gelachen. Met de kou viel het ook wel mee, doordat papa me nog een extra slaapzak had meegegeven en dat was geen overbodige luxe. Terwijl de meeste medestudenten de volgende ochtend geradbraakt opstonden, had ik heerlijk liggen pitten op mijn luchtbedje.
De avond daarvoor hadden we een supergaaf feest gehad met twee hele goede dj's. Deze jongens konden echt draaien. Ze wisten hoe ze een set moesten op-

bouwen en konden een perfecte sfeer creëren. Volgens mij heb ik echt bijna de hele avond staan swingen. Zou dan nu eindelijk alles goed komen? Was ik op mijn plek hier, met de juiste mensen om me heen? Had ik de goede studie gekozen en de beste stad om te gaan studeren?

Mijn vader stuurde me 's avonds nog een berichtje of ik het een beetje droog had kunnen houden. Hij had zojuist toch nog een keertje online het weer gecheckt en het zou morgen echt beter worden, verzekerde hij me. Het was zijn manier om me te laten weten dat hij aan me dacht. 'Heb je het naar je zin? Slaap lekker lieverd en doe je het rustig aan?'

Papsi, je hoeft niet bang te zijn, meisjes van zeventien doen het altijd rustig aan, dat weet je toch.

11

WhatsApp

1 augustus 2014

Hoe is het met je, heb je nog bezoek?

Zij gaan nu weg, alles is opgeruimd.
Alleen bbq niet schoongemaakt, wisten niet hoe.

Maakt niet uit, als het maar gezellig was.
Papa en ik hebben net zo'n mooie film gezien,
Boyhood, zo herkenbaar. Zo passend bij de fase
waar we nu als gezin in zitten. Veel plezier vanavond.

Ga zo film kijken, dan lezen en slapen. Kus!
Gewoon een korte film
Of tv
Doei!

Jij ook lekker slapen, is je broer al thuis?
En sluit je alles af? Staan de fietsen binnen?

Jaa
En jaa haha

4 augustus 2014

Hoe is het met je? Heb je een goede reis gehad?
Bevalt het leven als au pair en slaap je lekker?
Zag dat jullie nog op de camping in Issoire zijn geweest.
Je broer is aangenomen als vakkenvuller bij de AH, goed hè!

Ik slaap super hier
Krijg hier ritme
Neeeeee, hahaha, moet hij in zo'n lelijke blauwe schort.

Hoi meissie, het is hier herfst dus geniet nog maar even.
Papa is je studentenfiets aan het opknappen en ik ga zo een
tentje voor je halen voor de introductieweek.
Zal ik je boeken vast kaften?

Jaa, dat is fijn. Ben intens moe. Gisteravond laat thuis
gekomen, weinig geslapen door heimwee.
Kan je me bellen? Ik wil je stem horen.

15 augustus 2014

Wat fijn dat je naar huis komt, we hebben je zo gemist. Probeer de laatste dagen je rust te pakken. We zien elkaar donderdag of vrijdag. Dikke knuffel!

Nu komt pas de vermoeidheid eruit terwijl ik iedere avond op tijd ga slapen. Maar we vliegen donderdag, krijg ik net te horen. Jippieeeee!

20 augustus 2014

Zal ik donderdag pannenkoeken voor je bakken of komen die je neus uit?

Jaaaaa!
OMG, te vaak overgeslagen. En iets met avocado!
Heel erg gemist.

3 september 2014

Zit je vast in de trein, moet ik je komen halen?
Ik hoor net dat er een aanrijding is geweest.

Ik sta nog op het perron, kan je me komen halen?

11 september 2014

Heb je het naar je zin? Is het niet te koud en
blijf je droog in je tentje? Have fun and don't drink!

    Het is hier super chill. Lekker geslapen dankzij extra
    slaapzak en nee mam, ik doe het rustig aan,
    hahahahahah!

Papa en ik staan hier naar een gast van de Voice te kijken.

    Maak foto! Welke gast?

Knappe vent met rood haar. Supergoede soulstem!
Gaat helemaal los.

    Oh, ja, hij zong Let's get it on.
    OMG zoo vet, dat is zoo cool als hij dat zingt
    Hij danste toen ook met Ilse enzo

Kom je nog hier naartoe?
Het duurt denk ik nog 30 min.

Ga slapen mamsie, ben moe.

Heel verstandig, trusten lieverd!

2 oktober 2014

Vergeet je niet een huissleutel mee te nemen?

Wat ga je vanavond koken?

Hallo, is daar iemand?

Zetten jullie de oven uit en laat je je broer ook wat doen?

Zeg dat hij zijn fiets binnen zet?

4 oktober 2014

Is het gezellig samen?

30 oktober 2014

Hoi meissie, neem je op tijd je rust, ga lekker lunchen,
ik zie je straks, xxx

12

Een nieuwe start

In het voorlaatste jaar van de middelbare had ik al de keuze gemaakt voor een vervolgstudie. Een Engelstalige opleiding waarbij ik alles wat ik belangrijk vond in het leven kon combineren: media en entertainment. Het organiseren van concerten, mode-events of een pop-uprestaurant paste bij het leven dat ik voor me zag. Met mijn moeder had ik aansluitend op de open dag de omgeving van de hogeschool verkend, die was minstens zo belangrijk als de studie. De stad waar ik wilde gaan studeren was te overzien. Niet zo groot en hip als onze hoofdstad, maar leuk genoeg om te beginnen. Van daaruit zou ik de wereld verder gaan veroveren.

Het was een pittige studie, maar ik was ervan overtuigd dat dit het moest worden. Van de toelatingsprocedure maakte ik werk. Samen met een vriend heb ik een filmpje gemaakt waarin ik mezelf presenteerde en de motivatie voor de opleiding kenbaar maakte. Vol zelfvertrouwen liet ik zien wie ik ben: een niet onverdienstelijke pianiste, een vriendelijke en communicatieve serveerster, een jonge vrouw die goede smaak heeft en weet hoe ze een feestje moet geven.

In een motivatiebrief liet ik doorschemeren dat ze een grote vergissing maakten als ze mij niet zouden toelaten. Ondanks mijn grondige voorbereiding was ik niet overtuigd dat ik door de selectie zou komen. Voor de zekerheid meldde ik mezelf nog op de valreep aan bij een horecaopleiding. Maar mijn zorgen waren voor niets geweest. Vlak voor mijn vertrek naar Spanje kwam het verlossende telefoontje: ik was aangenomen.

De eerste weken na de introductie moest ik erg wennen aan het nieuwe ritme.

Om vanaf mijn ouderlijk huis op tijd op school te zijn moest ik soms om zes uur op. De eerste dagen had ik last van mijn rug vanwege de te zware rugzak met boeken en een laptop. Voor het slapengaan masseerde mijn vader mijn schouder en nekspieren of liet ik me nog even in een warm bad glijden. Wanneer ik na een lange dag de oprit van ons huis opreed, stelde me dat iedere keer ontzettend gerust. Ik zag mijn vader met de krant aan de keukentafel en mijn moeder roerend in de pannen. Mijn broertje zat achter de computer of aan de piano en de poes, die op de vensterbank lag te luieren, opende traag een oog om te kijken wie de rust nu weer kwam verstoren.

Ik had me voorgenomen om de terugreis te gebruiken om de stof die ik die dag had gekregen te bestuderen, maar meestal had ik wel een leuke reisgenote waarmee ik de tijd vol kletste. Aan leuke medestudenten was er geen gebrek. Ik voelde me ontzettend thuis in de omgeving van mijn nieuwe school, de docenten spraken me erg aan en ik had een goede klik met mijn klasgenoten. Er hing een sfeer waarin voldoende ruimte was voor plezier, maar waar ook hard werd gewerkt.

Tussen de middag gingen we vaak naar het park en lagen we in de zon te lummelen of we spraken met elkaar over onze plannen en dromen voor de toekomst. Ik keek nu al uit naar het tweede jaar waarin de mogelijkheid werd geboden om voor een stage naar Los Angeles te gaan. Ook in het derde jaar zou ik een periode in het buitenland doorbrengen: het was een van de redenen geweest waarom ik voor deze opleiding had gekozen.

Dat weekend zou ik voor het eerst op stap gaan met mensen van een studentenvereniging. Het leek me een goede manier om wat nieuwe contacten te maken en wie weet vriendschappen op te doen. Ik moest in ieder geval zorgen voor een goede eerste indruk. Gelukkig was er een slaapplaats voor me geregeld en ik kon ergens een hapje mee-eten. Die donderdag ging ik met de trein op weg naar wat een onvergetelijke avond zou moeten worden. Mijn verwachtingen waren hooggespannen. Twee meiden van de vereniging stonden me op te wachten en achterop de fiets namen ze me mee naar het studentenhuis waar ik zou blijven slapen. Ze hadden wat eten laten komen, net genoeg voor ons drieën en samen deelden we de kosten. Bij de maaltijd werd rode wijn geschonken. Ik geloof niet dat ik ooit eerder rode wijn had gedronken maar eens moest de eerste keer zijn. Van daaruit gingen we naar een loungeachtige club met een soort strandsfeer, waar die avond werd gefeest door verschillende verenigingen. Ik merkte dat de wijn me wat losser maakte en hoewel ik normaal geen bier drink, besloot ik er die avond maar eens mee te beginnen. Het leek ook of er niets anders werd geschonken. Gelukkig werd er niet gecontroleerd: officieel mocht ik nog geen alcohol drinken. Ik had de pech gehad dat dit jaar de wet was aangepast en de minimumleeftijd was opgeschroefd naar achttien jaar. In mijn eigen stad werd veel strenger gehandhaafd en was het veel moeilijker om zonder je identiteitskaart aan alcohol te komen.

Hoe de avond na middernacht is verlopen staat me niet meer helemaal helder bij. Ik kan me nog herinneren dat de meisjes me weer wilden meenemen naar het studentenhuis. Daar lagen ook mijn slaapspullen. Eenmaal buiten sloeg de koude herfstwind in mijn gezicht en zakte ik door mijn knieën. Het lukte me nog net om op de stoep te gaan zitten. Met geen mogelijkheid kon ik overeind komen, laat staan achterop een fiets worden vervoerd. Kort daarna realiseerde ik me vaag dat ik in een ambulance lag.

Toen ik, voor mijn gevoel een paar tellen later, mijn ogen opendeed, stond mijn moeder naast mijn bed. Het ziekenhuis had gebeld dat ik opgehaald kon worden. Ze leek eerder teleurgesteld dan boos. Onderweg naar huis heeft ze niet veel gezegd. Thuis kroop ik direct in mijn bed. Mijn vader kwam even naar me kijken voor hij ging werken, het was al tegen de ochtend.

Ik had die avond een onuitwisbare, volwassen en evenwichtige indruk achter willen laten, nou, dat was me gelukt. De volgende maandagochtend ging ik met lood in mijn schoenen naar school. Wat zou me te wachten staan? Wie wist ervan of had me gezien? Voor mijn gevoel was ik in het openbaar volledig op mijn bek gegaan. Maar het viel mee: niemand vroeg ernaar of begon erover. Blijkbaar was mijn debacle onopvallend geweest en een bijnaam als dronkenlap bleef me bespaard. Vanaf nu zou ik mezelf beter in de hand houden: misschien een enkel glaasje witte wijn, maar dat zou de absolute grens zijn. Ik zou te allen tijde de regie en controle behouden.

Met mijn studie ging het niet zoals ik hoopte. De lesstof was moeilijk en de colleges, die in het Engels werden gegeven, hadden een hoog tempo. Het jaar was pas net begonnen, maar ik had al direct het idee dat ik achterop raakte. Mijn medestudenten leken er niet zo zwaar aan te tillen. Blijkbaar was ik de enige die zich zorgen maakte. De vermoeidheid en de onrust die ik had gevoeld rond mijn eindexamen kwamen weer terug.
'Leg je de lat niet te hoog voor jezelf? Het hoeft niet allemaal ineens goed, geef jezelf de tijd.' Op advies van mijn mentrix liet ik bloed prikken. Misschien had ik wel Pfeiffer of bloedarmoede. Mijn huisarts adviseerde me om te gaan sporten om te proberen op die manier wat meer te ontspannen. Diezelfde middag schreef ik me nog in bij een sportschool vlak bij mijn woonhuis. Geen idee waar ik de tijd vandaan ging halen, maar ik zou me er vast beter door gaan voelen.
Een van de vakken waar ik ontzettend mee worstelde was *storytelling*. Storytelling gaat over hoe we verhalen kunnen gebruiken om grip te krijgen op de wereld om ons heen. Blijkbaar verwerken we datgene wat ons overkomt door er betekenis aan te geven. Als we bijvoorbeeld iets onverwachts of iets als gecompliceerd ervaren, bedenken we een verhaal om die gebeurtenis toch te kunnen plaatsen, meer hanteerbaar te maken en komen we tot inzichten.
Uren heeft mijn vader de stof met me bestudeerd. Ik denk dat hij het vak leuker vond dan ik. Op een bepaalde manier genoot ik van de tijd die we samen achter de computer of boven de boeken doorbrachten. Hij zei me dat mijn studie en dan vooral dit vak, hem in zijn werk inspireerde. Hij wilde er in de toekomst meer mee doen. Samen zaten we te puzzelen om het jargon te ontrafelen. Ik was hem dankbaar voor de tijd en de energie die hij voor me vrijmaakte, maar vond eigenlijk ook dat ik het zelf moest kunnen. Mijn vader drong zijn hulp niet op,

maar hij zag dat ik het zwaar had en wilde me ontlasten. Uiteindelijk was ik blij met zijn adviezen, want voor mij was er geen weg terug. Opgeven stond gelijk aan falen, ik moest door, koste wat kost.

Een paar weken later zou de eerste toetsweek beginnen. Tot overmaat van ramp had ik mezelf ook nog opgelegd om piano te gaan spelen in een bistro op vrijdagavond. Een medestudente die daar werkte, had me getipt en een beetje overmoedig was ik gaan kennismaken. Wat zou papa trots zijn als ik thuiskwam met zo'n baantje. Zelf had hij in zijn studententijd ook altijd pianogespeeld in restaurants. Hij vertelde me dat je er relatief makkelijk veel geld mee kon verdienen. Nadat ik al had toegezegd dat ik vanaf de herfstvakantie iedere vrijdagavond kon komen spelen, realiseerde ik me dat ik bij lange na niet voldoende repertoire had. Ietwat onbezonnen had ik beloofd zo'n anderhalf tot twee uur te kunnen spelen. Geen idee hoe ik die belofte in zou kunnen lossen.

En mijn vader was trots maar ook bezorgd: 'Haal je je niet te veel op je hals? Richt je nu maar eerst op je studie.' Maar de eigenaar van de bistro had al een bericht op de website geplaatst dat er binnenkort livemuziek zou zijn. Hij had een prachtige vleugel staan die erom vroeg om bespeeld te worden. En hoeveel kansen zou ik nog krijgen op zo'n baantje: alles beter dan vakkenvullen.

Wekenlang heb ik iedere dag een uurtje of twee geoefend om geschikt repertoire op te bouwen. Mijn vader maakte tijd vrij om de juiste muziek uit te zoeken en met me te oefenen. Hij leerde me in no time hoe ik aan de hand van losse akkoorden verschillende nummers kon spelen. Van lounge tot jazz tot Franse chansons. Het kostte me ontzettend veel moeite en ik heb avonden zitten oefenen tot papa me huilend achter de piano vandaan haalde.

De combinatie van mijn studie en het baantje als pianiste in de bistro voelde als een enorme last. Fysiek en mentaal voelde ik me uitgeput. Waarom had ik het zo zwaar? Er waren meer studenten die naast een studie veel moesten reizen en ook nog een baantje hadden in het weekend. En ik had nog ouders die me daar waar nodig ondersteunden, terwijl ik het toch alleen had moeten kunnen.

Juist nu ik me eindelijk had losgeworsteld en mijn ouders me de vrijheid gaven om mijn eigen weg te gaan ontstond bij mij twijfel. Aan de ene kant keek ik uit naar de status van uitwonende student, maar aan de andere kant zag ik er ontzettend tegenop om alles alleen te moeten doen. Wilde ik op kamers en een studie kunnen volhouden, dan zou ik stevig in mijn schoenen moeten staan. Ik moest vooral niet laten merken dat ik me onzeker voelde, dat zou alleen maar tegen me werken.

En ik had het al aan de grote klok gehangen. Het zou toch een beetje sullig overkomen om nu van gedachten te veranderen. Ik gaf mezelf tot na de kerstvakantie, dan zou ik een beslissing nemen. Rond januari waren er vast al studenten die zouden afhaken, mogelijk kwamen er dan ook leuke ruimtes vrij. Wie weet had ik tegen die tijd wel een vriendin met wie ik samen iets kon huren. Het idee om helemaal alleen op een kamertje te zitten sprak me niet zo aan.

Ik besloot alles open te laten. Na mijn avontuur als au pair was ik blij geweest weer thuis te komen. Ik kon mijn eigen bed waarderen, de schone was en de gestreken kleren in mijn kast, het feit dat er voor me werd gekookt en dat we een vaatwasser hadden. De luxe van een eigen douche en toilet, de croissantjes op zaterdag van mijn favoriete bakker. Zelfs de stad waar ik altijd had gewoond en waartegen ik de afgelopen jaren zo'n aversie had ontwikkeld, gaf me een veilig en vertrouwd gevoel. Maar bovenal merkte ik dat de afgelopen maanden me vreselijk hadden uitgeput. De aanloop naar mijn centraal schriftelijk, de onrust in mezelf die op vakantie tot een hoogtepunt was gekomen en niet te vergeten mijn fysieke ongemakken hadden hun tol geëist.

Ik probeerde de negatieve gedachten in mijn hoofd te verdrijven door nog harder te werken. Op school ontmoette ik een meisje met wie ik al snel bevriend raakte. Ze vertelde me dat ze al jaren bij een psycholoog liep vanwege de enorme prestatiedrang die ze zichzelf iedere keer oplegde. Doordat ze ernstig ziek was geworden was ze gedwongen om op de rem te gaan staan. Ik denk nu dat ze me haar verhaal vertelde omdat ze mijn hang naar perfectionisme herkende en snapte hoe ongelukkig je daarvan kunt worden. Ze probeerde me te motiveren om professionele hulp te zoeken, maar ik zag absoluut geen overeenkomst met mijn eigen situatie. Haar verhaal stond volledig op zichzelf en ik herkende mezelf er helemaal niet in. Vlak voor mijn eerste tentamenweek kon ik nauwelijks meer slapen. Ik piekerde me suf en avond aan avond lag ik naar het plafond te staren.

Papa hielp me te ontspannen door me voor te doen hoe ik op mijn ademhaling kon concentreren. Vaak stond ik midden in de nacht op om naar de slaapkamer van mijn ouders te gaan.

'Kun je niet slapen lieverd? Kom we pakken je matras op en dan kom je lekker bij ons liggen.' Mijn vader hield mijn hand vast totdat ik rustig werd en soms viel ik pas tegen de ochtend in slaap. Soms ging ik moe naar bed en stond ik dodelijk vermoeid weer op.

Mijn ouders maakten zich in die tijd opnieuw veel zorgen. Deze keer stoorde hun liefdevolle aandacht me niet, maar koesterde ik de liefde waarmee ze me omringden. Ik vond het fijn om dan af en toe 's nachts op mijn eigen matras, met mijn knuffels die ik al vanaf mijn kindertijd bij me had, naast mijn vader te liggen. Zijn hand te voelen waarmee hij met de duim de bal van mijn hand streelde, totdat hij voelde dat ik weggleed in de slaap.

Nooit hebben ze gezegd dat ik naar mijn eigen bed moest gaan omdat ze de volgende dag moesten werken. Ik kon nu zien hoe close we waren en had niet meer de behoefte om me los te worstelen. Eindelijk begreep ik dat het onmogelijk zou zijn. Ze zouden me nooit aan mijn lot overlaten, me nooit laten vallen. Wat ik ook zou zeggen, wat ik ook zou doen, het zou onze band alleen maar versterken. Langzaam ontstond bij mij het besef dat ik me niet meer van mijn ouders hoefde te bevrijden.

Deze nieuwe start, waar ik me zo op had verheugd en waar ik zo hard voor had gewerkt, was mijn ultieme droom. Het was mijn grote kans om aan de buitenwereld te laten zien wat ik in me had. Het had de oplossing moeten zijn voor al mijn problemen. Het antwoord op al mijn vragen. Steeds sneller volgden sombere buien mijn momenten van geluk op. Te laat realiseerde ik me dat ik het niet zou redden.

In die laatste week, voordat alle tentamens zouden beginnen, perste ik nog een laatste restje concentratie uit mezelf om met medestudenten een presentatie te houden. Wat mijn beslissing ook zou zijn, niemand mocht daarvan de dupe worden. Daarbij zou ik tot het laatste moment werken om een zo goed mogelijk cijfer te halen. Niemand zou van mij zeggen dat ik het mezelf makkelijk had gemaakt.

De avond voor mijn afscheid had een medestudente een droom. Zij heeft dit visioen weken later aan mijn ouders verteld: ze droomde dat ze me tegenkwam terwijl ik achter het stuur van een busje zat. Achterin zaten allemaal mensen die ze verder niet kende. Ik hield de ene hand aan het stuur en in de andere hand had ik mijn telefoon. Mijn vader hing aan de andere kant van de lijn, blijkbaar was het een lastig gesprek, want ik was erg van slag.

Het meisje probeerde mij te overreden niet weg te gaan. Ze probeerde me uit alle macht tegen te houden, maar het lukte haar niet me van mijn plan af te houden. Uiteindelijk gaf ze het op en zag ze me wegrijden. Waarschijnlijk in een volkswagenbusje, want daar ben ik altijd zo dol op geweest. Ik heb zelfs een miniatuur op mijn kamer staan. De volgende ochtend op school hoorde ze wat er met me was gebeurd.

Intermezzo

Er zijn denk ik weinig dieren die zo tot de verbeelding spreken als vlinders. Zo schijnt het bijvoorbeeld de meest gezette tattoo in de wereld te zijn. Vele boeken en websites zijn volgeschreven over deze insecten en hun symboliek. Het woord insecten vind ik eigenlijk niet passend, bij dat woord denk ik vooral aan spinnen en muggen, eigenlijk alles waar je last van kunt hebben en de kriebels van krijgt. Wat mij betreft zou de vlinder een aparte status moet krijgen als soort. Dat verdienen ze zonder meer.

Ze ontroeren mensen met hun schoonheid en hun vergankelijkheid. Ze maken je bewust van de kortstondigheid van het leven. Velen zien in de vlinder een symbool voor de onsterfelijkheid van de ziel en daarmee voor de hoop op de overgang van een leven hier op aarde naar een andere wereld. En vergeet daarbij vooral niet hoe dapper ze moeten zijn. De rups moet bereid zijn totaal te veranderen om vlinder te kunnen worden.

Als klein meisje was ik altijd dol op deze sprookjesachtige beestjes. Wanneer ik op een zomerse dag in onze achtertuin een vlinder spotte, kon ik daar eindeloos naar blijven kijken. Door dat frêle gefladder voelde ik me vrolijk en licht. Het blijft onvoorstelbaar dat er uit een rups, zo'n onooglijk, lelijk beestje dat alles om zich heen aanvreet, zoiets moois wordt geboren, dat juist zorgt voor groei en bloei door bloemen en planten te bestuiven.

Wat zou ik er niet voor over hebben gehad om de voelsprieten van een vlinder te hebben. Dat ik door al mijn zintuigen open te zetten, een voorstelling zou kunnen maken van de wereld om me heen. Zonder dat het me al te veel moeite en energie zou kosten, kon ik afstemmen op de mensen in mijn omgeving. Instinctief zou ik weten wat wel en niet goed voor me zou zijn en wat ik vooral zou moeten doen en laten.

Het was alsof ik de laatste maanden het contact met mezelf volledig was kwijtgeraakt. Ik voelde me soms een kompas waarbij de richtingwijzer als een dolle rondjes bleef draaien. Nog steeds begrijp ik niet goed waarom ik geen hulp wilde of kon accepteren. Het is me meer dan eens op verschillende manieren aangereikt, door mijn ouders, door de huisarts, door mijn vriendinnen op school en niet in de laatste plaats door alle websites die ik op internet heb nageslagen om te onderzoeken wat er nu in hemelsnaam met me aan de hand was.

Nu ik erover nadenk vertoonde ik verdacht veel overeenkomsten met die rups, dat ogenschijnlijk onbeduidende insect, dat zich nog geen voorstelling kan maken van de toekomst die zo veelbelovend is en zo dichtbij. Ik verlangde bovenal naar rust in mijn lijf en mijn hoofd. De weken voorafgaand aan mijn ultieme beslissing had ik mezelf opgesloten in mijn cocon. Alsof ik de buitenwereld meer en meer op afstand wilde houden. Maandenlang heb ik me als een soort pop verstopt en ondertussen werd binnen in me de rups afgebroken, maar een prachtig nieuw diertje weer opgebouwd.

De transformatie van pop naar vlinder is een delicaat proces. Door zichzelf door een nauwe opening te persen wordt het vlinderlijf slank en stroomt het vocht naar de vleugels. Elke cel van de rups komt uiteindelijk weer in de vlinder terecht. Deze eenzame worsteling moet zonder hulp van buitenaf gebeuren. Stel dat je het beestje uit medelijden zou helpen door de gesponnen draden te breken, dan zou het insect niet levensvatbaar zijn. Het lijf zou plomp blijven en de vleugels verkreukeld.

En dan nog de ongelofelijke precieze timing. De zon moet schijnen want na de geboorte moet het tere weefsel eerst een paar minuten drogen. Zelfs als het buiten nog onder de tien graden is functioneren de vleugels als zonnecollectoren.

Wat een ontzettend ingenieus systeem en wat een krachtsinspanning moet dat zijn.

Waarom heb ik niemand in vertrouwen genomen? Waarom heb ik dat ongenaakbare omhulsel niet van me afgeschud, waardoor niemand me kon bereiken en ik niemand toeliet? Was het een kwestie van niet willen of niet kunnen? Het is bijna niet te rijmen dat ik, die zo graag vol in het leven wilde staan, er tegelijkertijd zo naar verlangde dat het allemaal zou stoppen. Blijkbaar is er een moment geweest waarop ik de moed heb opgegeven.

Maar er is ook een hele andere verklaring mogelijk. Wie weet heeft mijn cocon me wel beschermd voor te veel afleiding? Had ik behoefte aan een periode van bezinning? Was ik me aan het voorbereiden op dat wat komen ging? Misschien dat ik juist moed heb verzameld om heel bewust die ultieme stap te kunnen zetten. Is er een directe aanleiding geweest? Of was er sprake van een opeenstapeling van gebeurtenissen, gevoelens of gedachten? Ik weet het niet. Vaststaat dat op het moment dat ik de beslissing nam om alles achter me te laten en een nieuwe weg in te slaan, ik rustig was, kalmer zelfs dan ik me in tijden had gevoeld. Blijkbaar heb ik ergens gaandeweg de rit de kennis en de overtuiging opgedaan dat het ver weg van dit aardse bestaan beter zou worden. Uiteindelijk ken ik mezelf toch wel zo goed dat ik alleen maar zou kunnen gaan voor de beste optie. Die nieuwe wereld zou ik snel gaan zien en zonder alle ballast waar ik mezelf hier mee had opgezadeld, kon het alleen maar lichter en mooier worden. Wel moet ik toegeven dat ik vooraf geen rekening heb gehouden met het feit dat het natuurlijk ook ontzettend zou kunnen tegenvallen. Op het pad dat ik zou bewandelen, zou er geen weg meer terug zijn. Zoals ik al vaker in mijn leven had besloten, ging ik voor alles of niets. Niet meer omkijken. Je kunt pas oordelen als je het zelf hebt kunnen ervaren. Hoe was die uitdrukking ook al weer die oudere mensen weleens gebruiken om het overlijden van een geliefd iemand wat draaglijker te maken? 'Het zal best goed zijn daarginder, want ik heb nog nooit iemand gesproken die ervan terug is gekomen.'

Ik kan me nog herinneren dat ik ontzettend heb gehuild toen ik erachter kwam hoe kort de gemiddelde levensduur is van een vlinder. Er zijn exemplaren die maar twee tot drie weken leven. Nu realiseer ik me dat het niet gaat om hoe lang je leeft, maar dat het gaat om de intensiteit waarmee je leeft. Soms is een kort leven oneindig veel mooier.

Wanneer onze poes een insect in de gaten krijgt, gaat ze erachteraan. Of het nu een hommel, een libel of een vlinder is, dat maakt haar niet uit. Zij heeft geen compassie voor alle moeite die het de vlinder heeft gekost om uit zijn pop te komen. En hoewel het voor haar natuurlijk een spel was, kwam ik altijd tussenbeide. Ik vond het onverdraaglijk dat er in mijn nabijheid een vroegtijdig einde zou komen aan zo'n broos leven. Wat mijn eigen bestaan betreft, ik heb het alleen gedaan, wilde absoluut geen hulp van buitenaf. Dat zou het proces alleen maar verstoren en een volledig perfecte gedaanteverwisseling in de weg staan. Uiteindelijk zou ik mijn vleugels elders uitslaan en dat moment was nabij.

13

Het afscheid

De afgelopen dagen lijkt er weer wat licht te komen. Ik denk dat ik weet wat me te doen staat. Mijn studie vraagt meer van me dan ik voor mogelijk had gehouden. Het lukt me bijna niet om de accu op te laden. Sinds kort begint me te dagen hoe ik dit alles kan stoppen. Nachtenlang heb ik liggen piekeren op zoek naar een oplossing. Vorige week woensdag stond ik met papa en mama in de badkamer. Die nacht had ik bij ze op de kamer geslapen. Ik lag aan papa's kant en hij had mijn hand vastgehouden totdat ik sliep. Die lange donkere uren zijn het ergste, als ik maar niet in slaap kan komen en mijn gedachten maar doormalen.

Die ochtend vertel ik mijn ouders dat ik het allemaal zo zinloos vind. Ze schrikken.

'Wat bedoel je met allemaal? Bedoel je je studie? Hou er dan mee op. Ga reizen of een half jaartje werken. Wat maakt het uit, als jij je er maar beter door gaat voelen.'

Ik weet het niet.

'Bedoel je het leven, vind je het leven zinloos? Je stapt er niet uit hoor. Dan is alles kapot, dat mag je niet doen.' Mijn moeder wist het. Ze heeft het al die tijd voorvoeld, maar kon zich geen voorstelling maken van de onpeilbare diepte waarin ik steeds vaker belandde. Zo vaak had ze het met collega's op het werk, mensen die er verstand van hebben, over mij gehad. Steeds hoorde ze dat ze het zichzelf niet zo moeilijk moest maken, dat ze mijn puberteitsperikelen te veel problematiseerde, het zou allemaal wel goed komen, het had gewoon wat meer tijd nodig. Had ze het geweten, ook maar een vermoeden gehad van wat er in de diepste krochten van mijn ziel speelde, dan had ze me opgesloten en de sleutel weggegooid. Mijn moeder benoemde hier in de badkamer keihard het dilemma, de keuze waar ik voor stond.

Mijn vader reageerde praktisch: 'Ga met mama mee vandaag. Kleed je snel aan en ga samen met de trein.'

Ze durfden me niet alleen te laten.

Die ochtend had mijn moeder een afspraak met een regisseuse en een hoogleraar die veel onderzoek heeft gedaan naar het proces tussen kinderen en hun niet-biologische ouders. Ze hadden het plan een documentaire te maken over adoptie. De laatste jaren was er veel negatieve aandacht voor adoptie geweest in de media. Een paar weken geleden nog was er een verhaal in de krant verschenen over een stel dat als een soort Bonny en Clyde een spoor van dood en vernieling achter zich had gelaten. De jongen was geadopteerd.

Mijn moeder had ooit eerder met deze regisseuse gewerkt en omdat zij allebei adoptiemoeder waren, was het plan ontstaan een film over dat onderwerp te maken. Zij ergerden zich allebei aan de negatieve beeldvorming en wilden een positief maar reëel verhaal vertellen.

Ik besloot mee te gaan. Het lukte me nog net om mezelf bij elkaar te rapen. Soms verbaasde ik me over hoe snel ik ondanks mijn somberheid kon schakelen. Alsof ik mezelf iedere keer weer aan mijn haren overeind trok om in beweging te komen. Het lukte me nog steeds om mijn gedachten om te buigen en in actie te komen. Wie weet had deze hoogleraar wel antwoorden op mijn vragen, het kon in ieder geval geen kwaad. Binnen het uur zaten we op de fiets richting het station. We zouden op het perron de regisseuse ontmoeten en met z'n drieën naar Leiden reizen. Onderweg bedachten we vragen. Mijn inbreng werd op prijs gesteld: het zou tenslotte ook mijn verhaal worden.

In de documentaire zouden adoptiekinderen en hun ouders aan het woord komen. De hoogleraar naar wie we op weg waren, had veel onderzoek gedaan naar het hechtingsproces bij adoptiekinderen. Volgens haar gaat het met kinderen die in een kindertehuis opgroeien veel vaker mis dan bij kinderen die opgroeien in een gezin.

Waar stond ikzelf in dit verhaal? In hoeverre had wat ik voelde te maken met mijn achtergrond? Ik twijfelde niet over of ik wel of niet goed gehecht zou zijn. Het verhaal van de professor leek mijn idee daarover te bevestigen. Ik paste niet in de categorieën waarbij sprake was van onveilige hechting. Maar wat me wel bezighield was hoe mijn 'buikmoeder' zich voelde toen ze mijn leeftijd had. Was er sprake van erfelijke belasting? Was ik op zoek naar mijn roots of naar mezelf of was dat hetzelfde?

Ik kreeg die ochtend niet de antwoorden die ik zocht, hoeveel vragen ik ook stelde. Tijdens de lunch bekroop me een nieuw gevoel van onrust. Die vrijdag zou ik pianospelen in de bistro, maar naar mijn idee was ik er nog absoluut niet klaar voor. Ook al zei mijn vader dat het goed genoeg was, ik geloofde er zelf niet in. Het liefst wilde ik het afzeggen, maar ook dat vond ik vreselijk moeilijk. Na lang dralen besloot ik te bellen om de afspraak te cancelen. Met mama had ik het gesprek voorbereid. Dit keer zou het me lukken om 'nee' te zeggen.

Met mijn mobieltje in de hand liep ik een rondje om moed te verzamelen.

'En, heb je het afgezegd?' vroeg mijn moeder na mijn telefoongesprek. Maar ik had me toch laten overhalen. De eigenaar van de bistro had meer overredingskracht dan ik zelfvertrouwen. 'Als het echt niet gaat, kan papa nog je plaats innemen. Dan zeg je gewoon dat je ziek bent. Maak je maar geen zorgen, het komt goed.'

Het leek of mijn moeder altijd overal een oplossing voor had. Het lukte haar meestal wel om me weer op te peppen. Ook deze keer merkte ik dat haar opbeurende woorden me hielpen. Waarom kon ik dat zelf niet? Dit zou ik toch zo langzamerhand zelf op moeten kunnen lossen? Eigenlijk wilde ik de hulp van mijn ouders niet, maar tegelijkertijd steunde ik enorm op ze.

Die vrijdag zou ik met de trein naar mijn nieuwe baan gaan. Het was alsof de wet van Murphy opging: alles ging mis. Er was een omleiding zodat ik voor een deel van de route met de bus moest. Bij aankomst regende het pijpenstelen, waardoor ik helemaal doorweekt was. En door de stress van het haasten en de spanning voelde ik me bezweet en ongemakkelijk. Bij binnenkomst waren drie tafeltjes bezet. De eigenaar ontving me hartelijk en was vol begrip over de vertraging. Mijn medestudente die me aan het baantje had geholpen was lief en stelde me gerust. Wat kon me gebeuren? In het ergste geval zou ik een paar noten missen of een toets verkeerd aanslaan. Waar maakte ik me druk over? Ik was er nu toch. Mijn talent om in spannende situaties te visualiseren zette ik in. Ik zou net doen of ik thuis was, in mijn warme vertrouwde omgeving. Papa zat naast me en fluisterde me moed in. En ik speelde, aan een stuk door tot mijn vingers er pijn van deden. Een ouder echtpaar, die me aan mijn opa en oma deed denken, applaudisseerde. Het was me gelukt. Even was ik blij en opgelucht. De eigenaar was tevreden en vroeg of ik nog meer repertoire had. Hoezo meer repertoire? Waarschijnlijk kon hij zich geen voorstelling maken van wat me dit al had gekost aan moed en energie. Of ik morgenavond ook kon spelen? Ik was doodmoe, wist niet wat ik moest zeggen. We hadden toch alleen voor de vrijdag afgesproken? Had ik het verkeerd begrepen? Ik moest er niet aan denken om morgenavond weer deze krachttoer uit te halen. Daarbij kon ik in het weekend niet gratis reizen. Dus ik zei: 'Ja, dat is goed.'

Eenmaal in de trein bedacht ik me hoeveel tijd ik nog moest spenderen aan mijn studie. Hoe kon ik dit in godsnaam combineren met een baantje dat me zoveel moeite kostte? Het korte gevoel van euforie, dat ik heel even had gevoeld na het applaus, ebde weg en weer overviel me de somberte.

Thuis wachtten mijn ouders me op. Ze hadden mijn spanning gevoeld en waren naar de film geweest, ik denk om zichzelf af te leiden. Mijn ouders waren blij dat het me was gelukt, maar ze waren ook bang dat het extra optreden te veel voor me zou zijn. Mijn moeder besloot dit keer dat de afspraak voor de volgende dag moest worden afgezegd. 'Of jij belt af, of ik.' Uiteindelijk belde ik de volgende dag zelf. De vrijdag daarop zou ik weer komen.

In de tussenliggende dagen moest ik mezelf zoveel mogelijk opsluiten om te studeren. Zaterdagochtend ging ik met mijn moeder naar de stad. Normaal gesproken nam ik altijd de tijd om te winkelen, maar nu wilde ik snel naar huis. Het was grijs en regenachtig weer. In een boetiek kocht ik twee broeken. 's Avonds keek ik met mama televisie. Mijn vader had iets anders. Ik had geen zin om met vriendinnen af te spreken en wilde lekker thuis blijven op de bank, onder een deken, de poes op schoot. Er was een programma waarin een aantal souldiva's een avond vol met zwarte muziek hadden samengesteld. Ook Billie Holiday kwam voorbij. Het leek of er weer een stukje van de puzzel werd gelegd. Ik geloof dat ik die zondagavond voor het laatst bij mijn ouders op hun kamer heb geslapen. Ze sleepten samen mijn matras naar hun slaapkamer. Mijn moeder die nog even mijn knuffels naast me stopte, streelde me over mijn haar. Ik weet niet wie die nacht het eerst mijn hand losliet, mijn vader of ik.

Die maandag had ik een afspraak met een aantal medestudenten met wie ik een presentatie moest voorbereiden. Het was die week zacht najaarsweer. Een flauw zonnetje kleurde de dagen. Hoewel ik me moe en energieloos voelde, ging ik die ochtend toch sporten. Wie weet zou ik me daardoor wat beter voelen. 's Middags treinde ik naar mijn afspraak. We hadden nog veel te doen: de volgende dag moesten we ons voorstel presenteren. Ik had me het weekend zo goed mogelijk voorbereid en was benieuwd hoe de anderen over mijn aandeel dachten. Iedereen bleek zijn best te hebben gedaan en die middag pasten we alles in elkaar tot een stevige voordracht.

De volgende dag had ik een afspraak met de praktijkverpleegkundige van de huisarts. Ik zou met haar in gesprek gaan over hoe ik me voelde. De vragenlijst die ik voor het gesprek in had moeten vullen lag al weken blanco op de keukentafel. Om drie uur 's middags had ik de afspraak met haar staan, maar het was maar de vraag of ik die zou halen. Onze presentatie zou tot half twee duren en wilde ik op tijd zijn dan zou ik direct daarna de trein moeten nemen. 'Wil je de afspraak liever over je tentamens heen tillen? Dan kun je misschien ook een beter beeld krijgen waar de onrust nu vandaan komt. Zeg jij het maar.'

Ik liet mijn moeder de afspraak annuleren en tot nader orde uitstellen. Die dinsdag zou ik met mijn medestudenten op tijd bij elkaar komen om de laatste losse eindjes te bespreken. Het ging uiteindelijk super. De docent was erg tevreden en complimenteerde ons met de goede samenwerking. Ik was blij dat ik zoveel tijd en energie in dit project had gestopt, niet in de laatste plaats voor mijn medestudenten.

Woensdag kon ik thuis studeren, ik hoefde niet naar school. Die ochtend heb ik lang in mijn badjas rondgelopen, mijn favoriete kledingstuk als ik thuis ben en niemand verwacht. Mama is op woensdag ook altijd thuis. Het is haar klusjesdag, meestal doet ze dan haar boodschappen en plant ze haar afspraken. Ik heb haar nog geholpen de boodschappen op te ruimen en heb een potje thee voor ons samen gezet.

's Avonds maakte mijn moeder een salade en pannenkoeken. Een grote pan soep vulde de ruimte met de geur van verse groenten. Het is een soort ritueel dat we op woensdag wat makkelijks eten. Die avonden hebben altijd een fijne, warme en knusse sfeer. We zitten met z'n allen in de keuken. Dit moment, dit ene moment wil ik vasthouden, verankeren in mijn herinnering.

Later had ik een afspraak met een vriendin van de middelbare school. Zij had een lastige periode achter de rug en ik vond het fijn haar weer te zien en te spreken. Net als ik was ze begonnen aan een vervolgstudie en ik vroeg me af hoe het haar verging. Ik heb me altijd aangetrokken gevoeld tot meiden en jongens die het op een of andere manier moeilijk hadden. Ze vonden dat ik zo goed kon luisteren en nuttige adviezen kon geven. Zelf vroeg ik nooit om raad, ik weet niet waarom.

Ik denk dat we twee uurtjes bij elkaar hebben gezeten om bij te praten. Zoals altijd antwoordde ik op haar vragen dat het goed met me ging. Dat ik het ontzettend naar mijn zin had met mijn nieuwe klasgenoten, dat de studie me beviel, met mijn ouders was alles chill, kortom, het ging uitstekend met me. Ik had die avond geen zin om over mezelf te praten en wilde geen slapende honden wakker maken.

Na thuiskomst heb ik nog even samen met mijn ouders televisie gekeken. We gingen bijna gelijktijdig naar bed, rond elf uur. Die nacht heb ik nauwelijks geslapen. De volgende ochtend zat ik al vroeg aan de keukentafel met mama die zo naar haar werk zou gaan. Ik zou thuisblijven van school, ik had geen lessen.
'Ga zo eerst even sporten en doe vandaag niet te veel. Op tijd van de boeken af om te lunchen, doe je dat? Trouwens de hulp komt zo. Mag ze je kamer schoonmaken? Ze is hier rond een uur of negen. Papa is op tijd thuis vandaag. Dag lieverd, doe je het rustig aan?'
Om half een zou ze me nog een app sturen om me eraan te helpen herinneren dat ik op tijd moest stoppen, maar die heb ik nooit meer gelezen.
Vandaag zou het moeten gebeuren. Ik had voldoende moed verzameld. Papa en mama waren weg de komende uren en mijn broer zat op school. Degene die me zou vinden, kende ik niet of nauwelijks. Dat maakte dat ik me niet verantwoordelijk kon voelen voor de last waar ik haar mee zou opzadelen.
Nadat mama de deur achter zich dichttrok rond kwart over acht, sprong ik onder de douche, daarna kleedde ik me zorgvuldig aan. Ik koos voor de nieuwe broek die ik die zaterdag samen met haar had gekocht. Een mooi lingeriesetje, gecombineerd met een hemdje en een blouse. Mijn korte blauwe trenchcoat was voldoende, het was niet echt koud buiten. Zou ik mezelf opmaken? Misschien alleen mijn ogen een beetje. Ik moest snel zijn, had niet veel tijd meer. Toch maar een beetje make-up en rouge op de wangen. Mijn haren los of in een knot? Los, denk ik, is beter. Ik beslis en handel alsof ik in een trance ben. In de badkamer vind ik een grote verpakking paracetamol, ik slik zoveel mogelijk tabletten. De sjaal pak ik op goed geluk.
Ik weet wat me te doen staat. Het moet uit het zicht van de buren. Zover mogelijk achter in de tuin, diep verscholen tussen de bladeren van de laurier. Stel je voor dat mijn oppaskindjes me zien, hun tuinen grenzen aan de onze, dat kan ik ze niet aandoen. In mijn afscheidsbrief staat waar ze me kunnen vinden. Die leg ik zo neer op het aanrecht dat het niemand kan ontgaan. Alleen degene die me zoekt, mag me vinden en dan nog zal er misschien de eerste keer twijfel zijn.

De ijdele hoop dat het niet waar is, maakt dat halverwege de tuin wordt stilgestaan. Toch nog voor de zekerheid, om alles uit te sluiten, wordt nogmaals moed verzameld om verder te lopen, met angstige ogen, het kloppende hart in de keel. Het kan niet waar zijn.

De brief moet kort zijn, maar alles moet erin staan. In ieder geval lieve papa, mama en broer en dat ze zich vooral niet schuldig moeten voelen, omdat ik me al lange tijd erg ongelukkig voel. Dat het beter is zo, *strange fruit*.

Mijn ouders vertelden aan anderen dat mijn verlossing belangrijker was dan hun pijn en verdriet. Aanvankelijk was dat nauwelijks gemeend. De wanhoop en het verdriet vertroebelden de waarheid van deze woorden. Dat het noodlot, hoewel al lange tijd voorvoeld, onafwendbaar was geweest en ze dit nooit hadden kunnen voorkomen. Uiteindelijk zou het inzicht komen. Na een poos zou de stilte zijn vruchten gaan afwerpen. Pas dan zou het besef komen dat het loslaten van diegene van wie je zo houdt, de grootste daad van liefde is.

14

De vlinder

De eerste dagen na mijn afscheid ben ik opgevangen en in slaap gehouden. Mijn aankomst in de zielenwereld overtrof mijn verwachtingen. Het licht was het mooiste, zachtste en helderste dat ik ooit heb gezien. Ik werd omringd door een lieflijkheid en een zorgzaamheid die ik niet voor mogelijk had gehouden. Voor mijn eigen bestwil werd ik weggehouden van de wereld die eens de mijne was geweest. De confrontatie met de taferelen die zich daar afspeelden zou onverdraaglijk zijn. De rust waar ik zo naar op zoek was geweest, zou ook hier moeten worden bevochten en zou deels afhankelijk zijn van het proces dat zich bij mijn geliefden afspeelde. Na een bepaalde tijd mocht ik proberen contact met ze te zoeken wanneer ik er klaar voor was.

Ik kon dan wel fysiek geen deel uitmaken van het verdriet en de pijn die daar beneden werden gevoeld, maar ik zou wel kunnen proberen om op zielsniveau mijn ouders te bereiken. Zij zouden als doorgeefluik kunnen fungeren om mijn keuze betekenis te geven. Natuurlijk realiseerde ik me dat het bijna onmogelijk was wat ik van ze verlangde, maar uiteindelijk zouden ze het begrijpen. Via hen zouden mijn broer, familie en vrienden te weten komen wat me had bewogen. De liefde die ik voor ze voelde overspoelde me op bepaalde momenten en toch was er geen sprake van spijt.

Sommige beelden wil en kan ik me niet voor de geest halen, zoals het moment waarop mijn vader mijn lichaam heeft gevonden. Of het beeld waarbij mijn moeder de volgende ochtend brak en op de keukenvloer werd vastgehouden door mijn broer. De beelden van de opa's en oma's toen ze het bericht te horen kregen. En ik kan me geen voorstelling maken van de reacties van mijn vriendinnen. Dat is te veel voor me en helpt me ook niet.

In de ochtenden lukt het me om heel dichtbij te komen. De eerste dagen na mijn dood werden mijn ouders wakker met het besef dat het ergste wat hun had kunnen overkomen was gebeurd. Tegelijkertijd zag ik ook dat ze in staat waren om elkaar te troosten door woorden te geven aan mijn dood. Na een poos kon ik mijn ouders door hun verdriet heen bereiken en hun de kracht geven die ze nodig hadden. Die eerste dagen zag ik dat ze steeds meer inzichten kregen en daar waar de een vastliep, kon de ander weer een opening bieden.

Mijn moeder biechtte aan haar vriendinnen op dat ze in haar dromen mijn afscheid voorbij had zien komen. Het naderende noodlot had ze in haar slaap voorvoeld. Ze was verbaasd dat haar vriendinnen nooit gedachten hadden gehad over het verlies van een kind. Alles was in die schemerwereld al voorbij gekomen, daardoor wist ze met een aan zekerheid grenzende waarschijnlijkheid wat mijn wensen waren. Dat ik begraven wilde worden. Het liefst voorafgegaan door een dienst in een mooie kerk. Op een klein, intiem kerkhof, in de buurt van een mooie oude boom en het liefst op een plek waar men even kon gaan zitten.

Ik vond het fijn dat ze probeerden om vanuit mijn perspectief keuzes te maken. Zo stapte mijn vader over zijn afkeer voor de kerk heen, omdat hij wist dat ik daar juist troost had gezocht. Mijn ouders wilden allebei dat ik zo lang mogelijk thuis zou blijven, zodat zij en anderen de tijd kregen om nog even bij me te zijn. Ik weet niet of dat mijn keuze zou zijn geweest, maar daar had ik nu niet meer zoveel over te zeggen.

Ik kon die beslissing wel begrijpen. De manier waarop ik eruit was gestapt was vrij snel bij iedereen bekend en je zou daar akelige gedachten bij kunnen hebben. Het was belangrijk dat ze zagen dat ik nog steeds dezelfde was, dat ik uiterlijk niet was veranderd en vooral dat ze konden zien dat ik rust had gevonden. Dat klinkt natuurlijk als een vreselijk cliché, maar het was wel zo. Ik merkte zelfs dat in de loop van de week de rust dieper en dieper over me kwam en dat was in mijn achtergebleven fysieke omhulsel te zien.

Gelukkig zorgden mijn ouders ervoor dat ik er mooi uit bleef zien. Mijn lichaam werd gebalsemd en mijn moeder koos samen met mijn broer mijn favoriete kleren uit. Met mijn haar in een knot zag ik eruit alsof ik zo wakker kon worden om naar school te gaan. De achterkamer werd ingericht als een soort rouwcentrum. Het licht werd gedempt, kaarsen werden gebrand en na verloop van tijd veranderde ons huis in een grote bloemenzee.

Het moet een grote uitputtingsslag zijn geweest voor mijn ouders en mijn broer. Gedurende een week hebben ze zo ontzettend veel mensen ontvangen. Vanaf het moment dat ik die eerste dag vanuit de tuin naar binnen werd gebracht waren er vrienden die mijn ouders en mijn broer hebben opgetild. Er werd voor ze gekookt, boodschappen werden gedaan, het huis werd gepoetst en de afscheidsdienst werd zorgvuldig voorbereid. Mijn ouders gaven aan wat ze op de rouwkaart wilden en dachten na welke muziek ik mooi zou vinden.

's Ochtends bij het wakker worden was het verdriet zo groot dat de dag nauwelijks begonnen kon worden. Wanneer mijn ouders en mijn broer dan even bij me zaten, zag ik dat ze kracht konden putten uit mijn nabijheid. Ik begreep dat het gemis van mijn fysieke aanwezigheid niet kon worden ingevuld, maar ik zou proberen om in een andere hoedanigheid te laten merken dat ik er nog steeds voor ze was. Hoe ik dat wilde doen wist ik nog niet. Daar was nog meer tijd voor nodig. Het moest goed voorbereid worden en op een moment komen dat mijn ouders er voor konden openstaan.

Soms verbaasde ik me over de aantallen mensen die afscheid van me kwamen nemen. Ik had me vooraf geen voorstelling gemaakt van het verdriet dat ik zou veroorzaken, dat zou onmogelijk zijn geweest. Mijn broer trok zich regelmatig terug op zijn kamer. Af en toe omringde hij zich met vrienden en vriendinnen die hem wat afleiding bezorgden. Soms wilde hij met mij alleen zijn en mama stuurde dan iedereen weg. Hij probeerde zichzelf te troosten door piano te spelen en dacht na over wat ik het liefst zou willen horen tijdens de afscheidsdienst.

Ik geloof dat hij die week meer heeft gesnoept dan normaal gesproken in een heel jaar. Zelfs mama liet hem maar zijn gang gaan, ondanks de zakken chips en zoetigheid die her en der in zijn kamer lagen.

Ik was blij om te zien dat mijn ouders iedereen de ruimte gaven om afscheid van me te komen nemen. Af en toe verbaasde ik me over de sfeer die er die week was. Alsof ik in mijn cocon kracht en troost kon geven. Mijn vriendinnen brachten me elke dag verse bloemen die ze naast mijn hoofd op het kussen legden. Een vriend waarmee ik de hele middelbareschooltijd diepe gesprekken had gevoerd, bracht me een kleine afbeelding van een beschermheilige. Die had ik hem niet zo lang daarvoor zelf gegeven, omdat ik dacht dat hij het nodig had.

Het was alsof ik door het lichaam van mijn moeder mijn vrienden kon troosten. Ze omhelsde de jongeren die onwennig binnenkwamen en stelden ze op hun gemak. Ik vond het fijn om te zien dat mijn ouders begrepen hoe belangrijk ze voor me waren. Vaak lieten zij mijn vrienden voor alle volwassenen bij me. Ze betrokken hen ook bij de dienst door hen te vragen muziek te maken, een paar woorden te spreken of de kist te dragen.

Naarmate de dag naderde waarop mijn lichaam weg zou gaan, zag ik de vermoeidheid en de spanning bij mijn ouders en broer toenemen. Mijn moeder trok zich de dagen daarvoor wat vaker terug. Soms ging ze dan even in mijn bed liggen waar mijn geur nog in zat. Het gaf haar niet de troost die ze zocht, het maakte het gemis alleen maar sterker. Papa zag ik af en toe achter de piano zitten, maar wat hem eens zoveel blijdschap had gegeven, maakte hem nu alleen maar verdrietiger. Mijn broer zocht tevergeefs troost bij zijn muziek. De vrienden van mijn ouders waren er al 's ochtends vroeg en bleven vaak totdat zij al naar bed waren. In een soort wake, maar dan een met drank en sigaretten, werd buiten bij de haard de dag besloten.

Ondanks het bodemloze verdriet was er vaak op onverwachte momenten de ontspanning van de lach. Mijn moeder visualiseerde mijn aankomst in de hemel waar ik zou worden opgewacht door familie en vrienden die mij al waren voorgegaan. De enigszins bemoeizuchtige moeder van een vriendin die onverwacht was overleden en die nu haar behoefte om te zorgen op mij zou projecteren. De eigenaar van een theaterbureau die altijd zo smeüig kon vertellen zou me amuseren met anekdotes over zijn tijd als tourmanager. De veel te jong gestorven echtgenoot en vader die als leraar de kost had verdiend zou het niet kunnen laten me te onderwijzen. Ik was op zoek geweest naar rust maar het viel nog te bezien of ik die zou vinden.

Die eerste week gaf mij het vertrouwen dat ze het zouden redden. Dat ze gedrieën meer uit het leven zouden halen dan stil blijven staan bij de pijn en het gemis waarmee ik ze had opgezadeld. Noch mijn ouders of mijn broer hadden gevoelens van boosheid naar mij. Dat had ik me overigens goed voor kunnen stellen, maar wat ik vooral zag, was dat ze zielsveel van me hielden, wat maakte dat ze mijn keuze respecteerden.

Hoe wrang waren nu de woorden die mijn ouders me zo vaak hadden toegefluisterd: 'Wat je ook zegt en wat je ook doet, we houden onvoorwaardelijk van je. Jij kunt ons nooit teleurstellen.' Het zou deze dagen een soort lamento voor ze worden wat hun deed herinneren aan de belofte die ze me hadden gedaan. De enige troost die ik ze kon geven was liefde die over de dood heen voelbaar zou zijn, soms te veel overschaduwd door het verdriet, maar bij tijd en wijle waarneembaar.

Alles wat ooit zoveel blijdschap had gegeven zou de komende tijd vooral een snijdende leegte voelbaar maken. De eerste dagen na mijn dood werd mijn moeder wakker met een enorm hongergevoel. Na een paar minuten realiseerde ze zich dan dat het niet de honger was die ze voelde maar een gat ter hoogte van haar maag waar je met een hand doorheen kon pakken. Mijn vader, toch de man van de verhalen, kon geen woorden vinden. Terwijl hij dacht niet te dromen werd hij iedere ochtend wakker met een gezicht kletsnat van de tranen. Bij mijn broer zou de komende tijd het gemis samenklonteren in zijn buik zodat hij zich nauwelijks meer kon verroeren. Af en toe zou hij zijn muziek vol open zetten en met de deuren gooien. Het moment dat mijn lichaam ons huis zou verlaten was bijna aangebroken. In een blankhouten kist met mijn knuffels dicht bij me onder een deken van veldbloemen zou ik vertrekken. Die vrijdagochtend besloot mijn broer vlak voor vertrek dat het moest donderen en bliksemen bij mijn afscheid. Hij besloot zijn muziekkeuze aan te passen en trok blindelings Chopin, de Regendruppelprelude, uit de stapel bladmuziek. De repeterende noot was als een verbeelding van de regen die op dat moment uit de hemel viel. Een technisch gezien moeilijk stuk maar het paste zo bij zijn emoties. Hij had het al zeker een jaar niet meer gespeeld, maar die ochtend boorde hij een laag aan die ik nooit eerder bij hem heb gehoord. Zijn vingers roffelden over de toetsen en de akoestiek van de kerk versterkte het effect van naderend onweer.

Ik zou de kerk binnen worden gedragen door mijn vrienden en die van mijn ouders. Ze waren, zo zei mijn moeder met enige ironie, geselecteerd op uiterlijk. Voor mij alleen maar knappe mannen rond de kist. Strak in het pak, sommigen waren vlak van tevoren naar de kapper geweest. De bijeenkomst moest bovenal een viering van mijn leven worden. Al het verdriet dat bij binnenkomst in de kerk samenbalde, kwam tot uiting in de muziek. Joni Mitchel zong *Both sides now* terwijl mijn ouders met mijn broer tussen zich in geklemd door het gangpad liepen. Hoe vaak had mijn moeder me niet laten luisteren naar dit lied, een van haar favorieten, niet wetende dat het ooit deze lading zou krijgen.

De diaken die de dienst zou leiden, had alle ruimte geboden om het afscheid zo persoonlijk mogelijk te maken. Daar waar normaal het altaar stond, werd mijn kist neergezet, omringd door veldbloemen alsof ik in een zomerse weide lag. Mijn ouders en mijn broer zaten vlak naast me en familie en vrienden achter ons. De spanning moet voor hen bijna ondraaglijk zijn geweest.

En ondanks dat ze begrepen dat er alle reden toe was om te huilen, vonden ze het minstens zo belangrijk dat er ook gelachen zou worden. Toen er een filmscène werd getoond uit *Intouchables*, een van mijn favoriete films, ging er een golf van ontspanning door de menigte. Ik kan me die avond een paar maanden geleden nog goed voor de geest halen, dat ik thuis met mijn ouders op de bank ernaar keek en niet meer bijkwam van het lachen. De scène waarin Driss op een chique maar stijf feestje de muziek van het kamerorkestje vervangt door de discobeat van *Boogie Wonderland* van Earth, Wind and Fire, is echt hilarisch. Een ander moment waarop er ondanks alles even ruimte was voor gegniffel en een glimlach, was tijdens een anekdote die een van mijn vriendinnen vertelde over mijn eeuwige gestuntel met geld. Dat ik, na lang gewacht te hebben, eindelijk bij de kassa aangekomen, telkens weer het geld uit mijn handen liet vallen. Misschien had ik me opgejaagd gevoeld door alle wachtenden in de rij achter me, maar het overkwam me iedere keer weer.

Somewhere uit de West Side Story werd gezongen, omdat we daar een paar maanden geleden met het gezin naartoe waren geweest. Ik kan me mijn opwinding nog goed herinneren toen ik de namen van de hoofdrolspelers op de banier zag staan aan de gevel van het theater. De vrouwelijke ster in de musical was het oudere zusje van mijn vriendin. Ik was zo trots op haar geweest. Nu zong diezelfde Maria haar libretto speciaal voor mij en als troost voor alle aanwezigen, omdat het een lied is dat gaat over hoop, liefde en vriendschap. De herinnering aan die avond was terug te zien in mijn vaders gebogen hoofd en gesloten ogen. Mijn moeder die zijn hand pakte en in een flits hun tweeën zag, onbevreesd en onbevangen. Ook op hun huwelijk was dit lied gezongen. Ze hadden toen al besloten dat ik in hun leven zou komen. Dat was zelfs de reden geweest waarom ze relatief jong hadden besloten te trouwen. In blijde verwachting waren ze geweest, een zwangerschap van vijf jaar. Dan pas zouden ze het bewijs hebben geleverd dat hun relatie stand zou houden en mochten zij een kind adopteren. Wat hadden ze naar me verlangd en hoe mooi waren die jaren samen geweest. Misschien zelfs wel te mooi om waar te zijn. Hoe vaak had ze het niet gezegd dat ze met dit intens liefdevol, gekoesterde gezin en het huis waar ze woonde meer had gekregen dan ze ooit voor mogelijk had gehouden. Op een bijna fatalistische manier had het keer op keer door haar gedachten gespeeld: hoeveel geluk kun je hebben en hoelang zou het blijven?

Ik zag mijn broer achter de piano zitten, gebroken, diep voorovergebogen, speelde hij *Heaven* van Beyoncé. Zo expressief en sensitief had mijn broer nog nooit gespeeld: van plechtig tot verdrietig, van hartstochtelijk tot weemoedig. Zonder met mij te kunnen overleggen had hij zijn keuze gemaakt, vanaf nu moest hij het alleen doen. Af en toe zou ik proberen hem iets in te fluisteren maar het zou onmiskenbaar zijn beslissing zijn.

Nenah begeleidde een vriendin, die een prachtig ingetogen lied zong, op gitaar. De woorden waar ze de afgelopen dagen naar had gezocht maar die ze niet had gevonden kwamen hier tot uiting in haar muziek

Mijn vriendin die me al sinds mijn peutertijd kende speelde viool: *Claire de Lune*. Wat had ze anders kunnen spelen? Ze was de dag daarvoor in de stad waar ze op het conservatorium zat, op de fiets diep in gedachten verzonken, aangereden door een auto. Met een grote schaafwond op haar slaap en een flinke hersenschudding stond ze daar vastbesloten om me dit laatste eerbetoon te geven. Hoe kon ik haar helpen, laten merken dat ik bij haar was, heel dichtbij?

Ineens wist ik wat me te doen stond, in een fractie van een seconde zag ik mijn kans schoon. De transformatie moest onmiskenbaar zijn. Er zou geen twijfel over mogen bestaan dat ik het was die zichzelf toonde aan iedereen die me zo lief had. Op de kist stond een lijstje met mijn foto. Daar liet ik mezelf zien als een pikzwarte vlinder. Ik verscheen ogenschijnlijk uit het niets en landde even op mijn portret, ik cirkelde tijdens het vioolspel en fladderde rond de piano, terwijl mijn broer zich steeds verder over de toetsen boog. Ik eindigde mijn tocht in het niets, vloog naar de kleurige glas-in-loodramen, het licht tegemoet. Mijn moeder zag me direct, ze pakte mijn vaders hand en wees naar me. Ze begrepen het, ze wisten dat ik bij hen was. De komende jaren zou ik me met enige regelmaat tonen in de vorm van een schaduw bij een wolkeloze hemel of een briesje op een windstille dag.

Mijn ouders en mijn broer zouden leren me mee te dragen in hun hart en onder de huid. De liefde zou een vervolg krijgen maar op een ander niveau. De kiem voor het geloof in een vervolg na de dood was al eerder gelegd, in die ochtenden de eerste dagen na mijn overlijden. Het vertrouwen in het bestaan van een soort metafysische wereld begon te groeien, zelfs in de gedachten van de meer rationele denkers. Ik denk dat het me deze dag gelukt is zieltjes te winnen voor het besef dat het doorgaat. Dat onze ziel verbonden blijft daar waar blijdschap en verdriet samenkomen.

Iedereen die getuige is geweest die dag van de zwarte vlinder heb ik aangeraakt en het waren er veel. En voor de ongelovigen onder ons zeg ik nog dit: nee, de vlinder zat niet inbegrepen bij het pakket van de uitvaartondernemer. Het was een ontzettend gure en ijskoude dag, bepaald geen weer voor vlinders. Maar het is niet mijn bedoeling te overtuigen. De diaken benoemde de aanwezigheid van de vlinder voor de aanwezigen achteraan in de immense kerk, zodat ook zij deelgenoot konden worden van wat zich op het altaar afspeelde. Natuurlijk hebben mijn ouders later gezocht naar meer rationele verklaringen voor de aanwezigheid van een vlinder daar, op dat moment. Want hoe vaak zie je nu een zwarte vlinder? Ze hebben gezocht op internet en gesproken met kenners en liefhebbers. Het schijnt dat de dagpauwoog, een behoorlijk bont gekleurd exemplaar, aan de onderkant zwart is en wie weet hadden zij niet goed gekeken of gezien wat ze wilden zien. Maar dan hadden met hen een heleboel anderen ook selectief gekeken en waargenomen. Blijkbaar kan deze soort overwinteren op zolders en wie weet ook wel in een kerk. Maar liever hielden zij stevig vast aan hun intuïtie die hun vertelde dat ik het was die zich in volle glorie toonde, met een ongelofelijk goed gevoel voor timing en niet gespeend van enige vorm van dramatiek.

Er is die ochtend prachtig gezongen, gitaar gespeeld en mijn ouders hebben met vaste stem en vrijwel droge ogen hun impressie van mijn verhaal gegeven. Alle gebeurtenissen van de afgelopen jaren, en sommigen gingen terug naar mijn kindertijd, hadden ze samengebracht. Ik denk dat ze voor velen duidelijk hebben kunnen maken wat mogelijk mijn beweegredenen waren. Ze konden troost bieden, terwijl ze misschien zelf nog twijfelden.

Veel jongeren konden na het verhaal van mijn ouders mijn extreme daad begrijpen. Het zou voor mijn ouders onverteerbaar zijn wanneer er geoordeeld zou worden over de wijze waarop ik was gegaan. Bovenal wilden zij dat men mij zou herdenken als een moedig meisje, dat haar lot in eigen hand had genomen en tot de conclusie was gekomen dat het leven lang genoeg had geduurd. Zonder het te beseffen hadden ze met deze woorden het zwijgen en de stilte die vaak volgt op een vertrek zoals het mijne, doorbroken. Het lag open en bloot en viel niet te ontkennen. Er was geen sprake van schaamte of schuld. Door hun keuze om openlijk en oprecht hun overpeinzingen te delen hadden ze mijn laatste groet gemaakt tot een ervaring die door iedereen die erbij was nooit meer vergeten kon worden. Wrang is het wel dat ik, die zoveel dromen had over het organiseren van grootse evenementen, zelf het middelpunt was op wat mijn laatste publieke optreden zou zijn.

15

Het 'rauw' proces

Na die goede vrijdag waarin ik mezelf had getransformeerd, kwam bij mijn ouders en mijn broer het besef dat dit pas het prille begin was van een verdriet zo onvoorstelbaar groot dat ze het niet konden overzien. Mijn moeder was bang voor wat er ging komen. Zij had kracht geput uit de dagen dat ik nog bij haar was en zij de mensen kon opvangen die afscheid kwamen nemen. Mijn vader was fysiek uitgeput. De wandelingen in het bos moesten rustig opgebouwd worden. Het weer werkte mee. De eerste weken na mijn begrafenis was het een prachtig zacht najaar. De bomen deden hun best zich van hun mooiste kant te laten zien. Het ven in het bos zag eruit als de voorkant van een rouwkaart. Op sommige dagen konden ze ondanks hun verdriet de schoonheid van de natuur waarderen.

Speciaal voor mijn broer liet de eekhoorn in de perenboom zich vaker zien. Op een dag kwam mijn broer tot de conclusie dat het er twee waren. Ik was blij dat hij betekenis kon geven aan de aandoenlijke beestjes en het cadeau dat ik hem schonk op waarde kon schatten. Gelukkig deelde hij dit inzicht met mijn ouders en niet met een ongelovige, die zijn observatie en de invulling die hij daaraan gaf, mogelijk zou afdoen als kinderlijke fantasie.

De wollige deken die over hen heen kwam te liggen beschermde hen tegen de wereld van buiten vol drukte en lawaai. Af en toe raasde een storm die gevoelens van radeloosheid deed opvlammen. Meestal konden mijn ouders elkaar ontzien en ruimte geven aan de donkere buien van mijn broer. Het feit dat mijn ouders woorden konden geven aan hun verdriet maakte dat het voor hen fysiek draaglijker was. Bij mijn broer was zijn buik het centrum van het gemis. Zijn fysieke pijn en zijn boosheid maakten dat hij soms dagen niet overeind kon komen. Op die dagen richtte hij zijn woedende pijlen op mijn moeder, maar die liet hem niet los.

Ik ben een keer getuige geweest van een moment waarop zij haar frustratie om het verdriet van mijn broer botvierde op mijn vader door een kussen naar zijn hoofd te gooien. Mijn moeder heeft het altijd lastig gevonden ons te laten als we verdrietig waren. Ze wilde ons dan troosten, terwijl wij vooral met rust gelaten wilden worden. Misschien is dat wel het manco van iedere ouder, dat hij of zij niet of moeilijk kan accepteren dat het leven voor hun kinderen soms pijnlijk is. Ik had medelijden met mijn broer die nu in zijn eentje de liefde van twee ouders over zich heen kreeg.

Langzaamaan ontstond bij mijn moeder het besef dat ze haar geluk niet meer kon laten afhangen van het onze. Dat ieder voor zich de pijn op zijn eigen manier moet doorvoelen. Met alles wat ze in zich had, had ze niet kunnen voorkomen dat ik die onomkeerbare beslissing had genomen. En ook nu zou ze niet in staat zijn het verdriet van mijn broer weg te nemen. Ze moest het laten gebeuren ook al ging dit tegen alles in wat haar gevoel haar ingaf. Ze begreep dat hoe meer ze in staat zou zijn mijn broer te laten, hoe meer hij toenadering tot haar zou zoeken.

Op onverwachte momenten werden mijn ouders door diepe wanhoop overspoeld. Het gevoel dat het leven alle glans had verloren, het gezin voor altijd ontwricht en ieders leven voor altijd verkloot, nestelde zich in hun ijskoude botten. Het geluk, dat hen ooit zo scheutig en gul ten deel was gevallen, was op. Dit was waar ze zo bang voor waren geweest. Alles, alles had mogen gebeuren maar dit was te groot. Hier viel niet mee te leven. Vanaf nu zouden ze kwetsbaar zijn voor ziekte en verval. Het kon niet anders dan dat dit verdriet door organen heen zou vreten als zoutzuur door een tere huid.

Het gevoel van schuld dat mijn ouders doelbewust buiten de deur hadden willen houden kwam toch. Ze begrepen dat het een fuik was waar ze uit moesten blijven. Het ene moment wisten ze dat het onterecht was zichzelf verwijten te maken, maar het andere moment kerfde een mes diepe wonden in het besef dat hun liefde mij niet had kunnen redden. Vaak konden mijn ouders elkaar behoeden voor te veel zelfkastijding, maar soms gebeurde het ook dat de een de ander meetrok.

Af en toe werd mijn moeder overvallen door de overtuiging dat ik mijn daad had begaan in een vlaag van verstandsverbijstering, een acute psychose. Mogelijk was er sprake geweest van een dodelijke cocktail van in aanleg gegeven factoren zoals een enorme prestatiedrang en een ongelofelijk doorzettingsvermogen. Een overdosis aan puberale hormonen waardoor ik alleen maar in termen van korte termijn kon denken en vanuit een impuls had gehandeld. Een verhoogde cortisolspiegel door de stress voor de tentamens in combinatie met een adrenalinestoot. De hyperactiviteit zou een voorbode kunnen zijn geweest van een depressie, die op dat fatale moment tot een climax zou zijn gekomen.

Voor mijn vader was deze verklaring onverteerbaar. Het idee dat mijn keuze een momentopname zou zijn geweest, dat het de volgende dag niet zou zijn gebeurd, was voor hem onverdraaglijk. Het zou zijn schuldgevoel, dat hij met alles wat hij in zich had probeerde weg te drukken, alleen maar versterken. Wat als hij eerder was thuisgekomen? De afgelopen weken had hij met enige regelmaat zijn werkmobiel thuis laten liggen en was hij omgekeerd om zijn telefoon alsnog te halen. Waarom was hij juist nu dat stomme ding niet vergeten? Was hij dan op tijd geweest en had hij het dan kunnen voorkomen?

Voor mijn moeder waren de schuldgevoelens gerelateerd aan haar hele zijn. Hulp verlenen was haar vak, ze had het moeten zien, moeten herkennen. Volgens de huisarts was ik niet depressief geweest, maar zij was degene die altijd zo hard riep dat ouders hun kind het beste kenden. Waarom had ze de afspraak bij de verpleegkundige afgezegd? Waarom had ze niet meer druk op me uitgeoefend om die vragenlijst in te vullen? Dan was duidelijk geworden dat ik suïcidaal was, wie weet was het besluit genomen me te laten opnemen op een gesloten afdeling. Net zolang tot het gevaar geweken was.

Hadden ze niet, onbedoeld, de lat te hoog gelegd, door het leven voor te leven zoals zij dat hadden gedaan? Waren zij als ouders niet doorgeschoten in het voorspiegelen van de vrijheid die ik had om te doen met mijn leven wat ik wilde? Had mijn moeder de morele standaard niet, als een springstok, op een onbereikbare hoogte gelegd? Zou ze me te veel belast hebben met haar visie op een betere, schonere en eerlijkere wereld?

Misschien had ik problemen waar zij niets van afwist? Die man op het kerkhof die zo verschrikt naar haar keek, had die er iets mee te maken? Nog even dacht ze het antwoord te vinden in mijn mobieltje. Ongelofelijk hoeveel moeite ze hebben moeten doen om het wachtwoord te kraken. Het moest gebeuren, desnoods op last van een rechter. Maar zelfs de internetdata en belgegevens gaven geen nieuwe antwoorden.

Terwijl het mijn vader lukte om bij het inzicht te blijven dat ze de eerste dagen na mijn dood hadden verkregen, twijfelde mijn moeder in deze fase vaak aan de metafysische verklaringen die haar aanvankelijk zoveel troost hadden gegeven. Hoe meer ze vanuit de ratio naar verklaringen zocht, hoe meer ze van me verwijderd raakte. Ik voelde dat ze een weg opging die uiteindelijk doodlopend zou zijn, maar moest haar laten. Toevallig waren er in de periode vlak na mijn dood veel berichten in de media over de toename van het aantal suïcides. Mijn vader kon hier niets mee, maar mijn moeder wilde het allemaal horen en zien. Mogelijk zou ze een antwoord vinden op haar vragen.

Mijn zelfverkozen dood viel echter niet te verklaren vanuit een wetenschappelijk kader. Er was geen diagnose, geen label dat aan mijn besluit gehangen kon worden. Ze spraken met een psychiater die hun vertelde dat er sprake kon zijn van een erfelijke belasting. Daar waar mijn ouders juist weinig of geen informatie over hadden, namelijk over mijn biologische ouders, lag mogelijk een antwoord. Waren mijn genen belast met suïcidaliteit?

En na dagen van rusteloos zoeken kwam mijn moeder weer terug bij het inzicht dat ze de eerste dagen na mijn dood samen met mijn vader had gekregen. Het was op die momenten dat ze de rust vonden om het verdriet te voelen maar niet overstelpt werden. Het lukte hen om bij zichzelf te rade te gaan om zich te troosten met het mooie dat er nog was. De liefde die ze voor elkaar hadden, voor mij en mijn broer werd gekoesterd.

De vrienden die eindeloos bleven terugkomen met kleine attenties, troost, eten en gezelschap boden afleiding. Zij waren er van het begin af aan bij en getuige geweest van hun diepste ellende en wanhoop. In dit gezelschap was er geen sprake meer van schaamte of terughoudendheid. Nog nooit had vriendschap er zo uitgezien. Daar waar de eigen ouders niet toegelaten konden worden, omdat het hen te veel zou belasten en omdat het raakte aan het eigen gemankeerde grootouder zijn, verdiepte zich de band die zij al zo lang met elkaar deelden. Zij hadden niet voor mogelijk gehouden dat het zo kon zijn, puur en belangeloos, oprecht en integer op ieder moment beschikbaar.

Misschien voelde zelfs mijn broer zich af en toe schuldig en mijn vriendinnen. Hadden we maar iets gezien of gezegd. Hadden we maar beter doorgevraagd toen ze zo stil was die laatste keer. Al die mensen om me heen die achteraf dachten: wat hebben we gemist? Ik ken haar al zo lang, ik had het moeten zien? Kon je dan niet blijven, al was het maar voor mij? Hoeveel mensen hebben zich dat afgevraagd?

Het gevoel van schuld heeft bij mijn ouders niet lang gespeeld. Bovenal wisten ze dat het onmogelijk was geweest meer van mij te houden dan ze hadden gedaan. Daarbij hadden ze hun liefde nooit onder stoelen of banken gestoken. Onverbloemd spraken zij met ons en met iedereen die het maar horen wilde over hoe trots zij zich voelden om onze ouders te mogen zijn. Ze waren ondanks alles blij dat ik geen afscheid van ze had genomen in de periode dat ik me zo tegen ze had afgezet. Juist in de laatste weken van mijn leven waren we zo intiem geweest. Zoals we begonnen waren, waren we geëindigd, met z'n drieën op een slaapkamer, de zachte handen losjes ineengestrengeld tot de slaap ons overviel.

Mijn moeder begreep nu pas het verschil tussen de hemel en de hel. De hel was niet een plek van het eeuwig vuur en duisternis waar je na overlijden naartoe zou gaan als je er bij leven een zooitje van had gemaakt. De hel was het blijven hangen in gevoelens van boosheid, schuld, angst en verwarring die uiteindelijk zouden leiden tot een diep zwart gat waarin alleen nog maar ruimte zou zijn voor een alles overheersende apathie. De hemel was niet het beloofde land waar je automatisch terecht zou komen als je je leven geofferd zou hebben aan het welzijn van anderen. Het ging om het hier en nu, om de keuze die je maakte om te durven leven met het risico van pijn en verdriet maar ook met de blijdschap die was geweest en ooit weer zou komen.

Alle clichés rond het verlies van een dierbare zijn waar. Het leven van de anderen gaat door, zelfs van diegenen die zo dicht bij je staan. En hoewel ook bij hen het verdriet nog zichtbaar aanwezig is, zijn zij in staat om weer te gaan werken, vakantie te vieren en plezier te hebben. Er was geen sprake van jaloezie en zelfs op het gevoel van 'waarom overkomt ons dit' heb ik mijn ouders niet kunnen betrappen. Maar de dagelijkse confrontatie met de families om hen heen en het eigen gemankeerde gezin deed hen ineenkrimpen van pijn.

Ik weet dat er bij mijn moeder soms zelfs gevoelens van schaamte speelden omdat het haar niet was gelukt mij gelukkig te maken. Zij voelde zich mislukt in haar rol als moeder, maar ook in haar werk dat zo raakte aan haar opvoedkundige taken. Niet alleen was ik haar ontglipt, ook mijn broer zou ze niet meer kunnen behoeden voor een zorgeloos leven. Het maakte dat haar verdriet haar ook in een persoonlijke crisis deed belanden. Ze was niet meer de moeder die ze ooit was geweest en vooral had willen zijn. Ze kon haar werk niet meer doen, nu niet, maar ook in de toekomst zag ze daartoe geen mogelijkheden. Zelfs een blik op haar hardloopschoenen maakte dat ze overvallen werd door een hevig gevoel van mislukking en leegte. Soms, als ze zich alleen en onbespied waande, liet ze in stilte glimlachend gedachten toe over hoe het had kunnen en moeten zijn. De plannen die ik had om op kamers te gaan wonen zouden eindelijk verwezenlijkt worden. Samen op zoek naar oude en nieuwe spulletjes voor de inrichting en brainstormen over welke kleur of behang er op de muren moest. Af en toe zou ze op haar vrije woensdag met een tas vol groente en fruit komen binnenvallen en samen zouden we een hapje gaan eten in de stad als moeder met een grote dochter. Meer en meer zou de relatie gelijkwaardig worden en met de jaren die verstreken kon de band alleen maar steviger worden. Verliefdheden en teleurstellingen die beleefd en gedeeld zouden worden. Samen beslissen wat er die kerst op tafel zou komen. Wie weet tussendoor nog een weekje New York met z'n vieren. De bruiloft met de man van mijn dromen, het eerste kleinkind en zelfs de rol van oma. Iets waar ze nog niet eens naar had verlangd, werd nu als het grootste gemis ervaren, omdat het nooit meer mogelijk zou zijn.

Ze besloot dat dit zinloze en onnodig pijnlijke gemijmer moest stoppen. Het dagdromen mocht niet verder gaan dan de dag die ik had gekozen als mijn sterfdatum. Geen idee hoe ze ooit weer haar leven op de rit moest krijgen. Alles wat haar ooit zo belangrijk had geleken en zoveel plezier had gegeven was nu van geen enkel belang.

Het bijzondere, kleurige en hechte gezin waar zij zo onvoorstelbaar trots op waren, was onherstelbaar ontwricht en beschadigd. Mijn ouders voelden de blikken van buitenstaanders. Soms schrokken mensen in het voorbijgaan en een enkeling wendde de blik zelfs af. Het rouwen ging niet alleen om het verlies van een kind, maar ook om het verloren gevoel van eigenwaarde. Het gevoel dat ze niet in staat waren geweest het kostbaarste wat ze hadden te behoeden voor het ongeluk, maakte dat ze zich onzeker en kwetsbaar voelden. Ze waren bovenal hun onbevangenheid kwijt, hun jeugd of wat daar nog van over was. Mochten zij al ooit gedacht hebben dat geluk in bepaalde mate maakbaar was, dan was dat beeld voorgoed verdwenen.

Op sommige momenten werd er ook een andere kant van het rouwen zichtbaar. Het liefst hadden zij aan de buitenwereld ook die zijde van hun verdriet willen laten zien. De mensen die met wat meer afstand om hen heen stonden, maakten het proces niet mee waarin zij verkeerden. Natuurlijk was het fijn dat er medeleven en betrokkenheid werden getoond, maar medelijden werd als kwetsend ervaren. Zo gewond als zij als gezin waren, wilden zij vooral ook hun veerkracht tonen en de wil om er ondanks alles ooit weer iets moois van te maken.

Mijn vader die ooit zoveel passie had gevoeld voor zijn bedrijf, twijfelde nu regelmatig aan het nut van zijn harde werken. Hij vond het lastig zichzelf te motiveren tot werkzaamheden die hem niet dichter bij mij brachten. In zijn pianospel voelde hij af en toe dat er diep in hem nog een vlammetje brandde. Hij moest iets vinden om dat vuurtje weer wat op te stoken. Misschien was het te vroeg om verwachtingen te hebben daaromtrent, maar hij wist dat hij niet te lang moest wachten. Een overstelpende somberte en het niet kunnen voelen lagen op de loer.

Mijn ouders wisten allebei dat ze dat moesten voorkomen. Het verdriet mocht groot zijn en allesverterend. Dat zou beter zijn dan de leegte. Pas dan zou alles voor niets zijn geweest.

Mijn ouders zochten een therapeut die met hen gesprekken kon hebben over hetgeen hen was overkomen. Vooral mijn moeder vond dat lastig. Ze omschreef het als therapie waarbij iedere keer de korstjes die zich met veel moeite hadden gevormd op de wonden weer omzichtig werden afgekrabd. Wat overbleef was een schrijnende schaafwond. De term 'rouwproces' dekte wat haar betrof te weinig de lading. Ze omschreef de periode waarin ze beland waren liever als een rauw proces: onbehouwen, ongeciviliseerd, hard, cru, grof en ruw.

Hoe wrang het hun ook scheen, volgens de experts in rouwverwerking deden ze het goed. Ze gingen veel naar buiten, waren voorzichtig met alcohol, gingen op tijd naar bed en probeerden gezond te eten. De reflexen van gezond verstand leken nog te werken. De strategie om de ochtenden op tijd te beginnen wierp zijn vruchten af. Langzaamaan kwam de fysieke energie terug. Ik zag dat mijn ouders erin slaagden de wandelingen wat langer te laten duren. De concentratie om een maaltijd klaar te maken was er weer, hoewel vrienden regelmatig voor hen bleven koken.

Een bijkomstigheid van mijn overlijden was het feit dat mijn ouders niet langer bang waren om zelf dood te gaan. Het was niet dat zij ernaar verlangden, daarvoor was de liefde voor het leven en voor elkaar te groot, maar er was een andere werkelijkheid voor in de plaats gekomen: deel uit te maken van een groter geheel dat er voor mijn dood niet was geweest. De zwarte vlinder had, zeker bij mijn vader, zijn aardse blik doen verruimen naar het besef onderdeel uit te maken van een groter perspectief.

Mijn moeder had het in de tijd dat ze als verpleegkundige werkte vaak meegemaakt dat terminale ouderen in hun laatste woorden refereerden aan een verloren kind. Of het nu een pasgeborene was, een schoolkind of een volwassen zoon of dochter, zij werden in die laatste momenten gememoreerd. Toen leek het voor haar een levenslang gevoelde pijn die het leven tussentijds had overschaduwd en waar tot op het laatst uiting aan moest worden gegeven. Nu begreep ze dat het voortkwam uit het verlangen om elkaar weer te zien, een troostende en hoopvolle gedachte, die juist steun en moed gaf bij het stervensproces.

Ondanks de dagen van bezinning en acceptatie waren er soms weken dat het verdriet ondraaglijk leek en werd de buitenwereld buitengesloten. Op deze momenten hingen ze een bordje op de voordeur met de tekst 'Liever geen bezoek'. De troost werd dan gezocht bij elkaar en door te zwijgen. Maar alsof het lijf zichzelf beschermt tegen te veel aaneengesloten dagen van zielenpijn, ineens was er daarna weer ruimte voor creativiteit en bleek ik een bron van inspiratie. Mijn moeder kon dagenlang schrijven en het lukte haar een afstand te scheppen die nodig was om de situatie waar zij allen in beland waren te overzien. Mijn vader maakte muziek en zocht zijn heil in poëzie.

Mijn broer vond het moeilijk zijn ritme te vinden en naar school te gaan. Zijn verdriet leek vast te zitten in zijn lijf. Voor mijn ouders was het lastig om te zien dat zijn lijden zo fysiek werd. Terwijl zij samen de woorden vonden, was mijn broer veel stiller. Zijn vrienden zocht hij vooral op voor afleiding, of misschien wilde hij ze niet te veel belasten. Wat ook de reden mocht zijn, voor het slapengaan kwam toch het gemis. Soms werden mijn ouders meegetrokken in de draaikolk van emoties die mijn broer opriep. Ze wilden hem helpen maar wisten dat niemand zijn pijn zou kunnen verzachten.

Hoewel zij hoopten samen op te trekken in het verwerken van hun verdriet was de realiteit dat dit onmogelijk was. Mijn broer had zijn eigen tempo en zijn eigen manier van omgaan met het verlies. Soms schreeuwde hij zijn frustratie uit.

Het gemak waarmee hij altijd had gestudeerd was hij kwijt. Niet alleen had hij maanden lesstof gemist, hij miste de concentratie en de motivatie om werkelijk te presteren. Ik zag hoe hij worstelde te voldoen aan zijn eigen verwachtingen en uiteindelijk niet in staat was de energie te vinden om uit bed te komen en naar school te gaan.

Mijn moeder omringde hem met aandacht in de vorm van een warme kruik en troosteten. Alsof hij weer haar kleine jongen was, liet ze het bad voor hem vollopen en smeerde zijn brood. Straks, als alles weer bedaard was, zou ze hem weer aanzetten om zelf in actie te komen. Nu moest ze haar liefde kwijt en hij liet het zich aanleunen, omdat hij zag dat het zijn moeder hielp en misschien hem ook een beetje. Zo probeerden ze elkaar zonder te veel woorden te ontzien, te stutten en te steunen.

16

Bronnen van kracht

In mijn kindertijd beschikte ik over de gave om mezelf helemaal onzichtbaar te maken voor alles en iedereen. Ik kon stilletjes in een hoekje kruipen met een boek of ik koos een plekje vanwaaruit ik de boel kon observeren. Soms werd dit weleens verkeerd geïnterpreteerd, dat ik verlegen zou zijn of teruggetrokken. De waarheid was dat ik het fijn vond om af en toe alleen te zijn, om even niet te hoeven meedoen.

Ik kan me een keer herinneren dat ik mezelf per ongeluk had opgesloten op een toilet. Mijn opa en oma waren zoveel jaar getrouwd en dat werd gevierd in een restaurant. Het was erg druk en alle ooms en tantes wilden iets van mij en mijn broertje. Eenmaal opgesloten in die kleine ruimte voelde ik me stil en rustig worden. Na een poos kwam er iemand voorbij en heb ik toch maar even gevraagd of ze me konden helpen de deur te openen. Terwijl de volwassenen verbaasd waren over mijn bescheiden hulpgeroep, was ik geen moment in paniek geweest.

Op school was het onmogelijk om mezelf soms even af te zonderen. Je werd geacht overal en altijd aan mee te doen en liefst nog in een behoorlijk tempo. Al vroeg kreeg ik een kookwekker op mijn tafeltje die me moest helpen het werk binnen een bepaalde tijd af te hebben. Ik heb altijd wat startproblemen gehad en eenmaal begonnen vond ik het moeilijk om er weer een goed einde aan te maken. De laatste jaren kreeg ik steeds meer moeite om het tempo waarin de wereld draait bij te houden.

Mijn bescheiden aanwezigheid binnen de klas veranderde in de loop van de middelbare school. Ik nam geen genoegen meer met een positie aan de zijlijn. Het werd mijn tweede natuur om een beetje leven in de brouwerij te brengen. Een docente heeft weleens gezegd dat wanneer ik ergens binnenkwam het feest kon beginnen. Dit was het beeld dat ik graag van mezelf liet zien: met mij kon je lol hebben. Zelfs wanneer ik me helemaal niet zo fijn voelde, was ik in staat een masker van vrolijke uitbundigheid op te zetten.

De tweestrijd die in me woedde maakte dat ik op een gegeven moment niet meer wist hoe ik me een houding moest geven. Als we op stap gingen met vriendinnen probeerde ik mijn onzekerheid te verbloemen door hoge hakken en veel make-up te dragen. Ik vond het heerlijk om te dansen als er goede muziek werd gedraaid. Tegelijkertijd vond ik het vreselijk wanneer anderen me bekeken en beoordeelden of erger nog, me ongevraagd aanraakten. Uiteindelijk vertoonde ik me dan toch liever in een niet te opvallende spijkerbroek, wijdvallend shirt en gympen.

Ik verlangde naar een evenwichtig bestaan waarin het me zou lukken schoonheid en vooral zelfvertrouwen uit te stralen. Wanneer ik goed had geslapen en de zon scheen, kon de dag niet meer stuk. Mijn vader zorgde op zaterdagochtend voor een uitgebreid ontbijt en ik stond op tijd op om optimaal van mijn weekend te genieten. Ik denk dat ik op die momenten echt op mijn allermooist was.

Maar de weekenden waarin ik alle tijd had waren veel te snel om. Ik vond het heerlijk om mezelf terug te trekken op mijn kamer en een beetje te rommelen, luisterend naar mijn favoriete songs of een stukje te gaan rennen met mijn iPod. Voor iedere activiteit en voor iedere stemming had ik een andere playlist. Muziek is denk ik wel de grootste bron van energie en ontspanning geweest gedurende mijn hele jeugd. Vreemd genoeg kon ik me er de laatste dagen voor mijn dood niet meer voor openstellen.

Veel vrienden zeiden me dat ik goed kon luisteren en talent had om anderen een goed gevoel over zichzelf te geven. Hoewel ik het moeilijk vond een compliment in ontvangst te nemen, vond ik het leuk ze te geven. De mentrix van mijn nieuwe opleiding vertelde mijn ouders dat ik zo'n indruk op haar had gemaakt, omdat ik had gezegd hoe prachtig ik haar horloge vond. Ze had het van haar man gekregen en er nooit heel veel aandacht aan geschonken. Na mijn dood had het klokje een speciale betekenis voor haar gekregen en had ze het niet meer afgedaan.

Mijn doel was om niet alleen mooi vanbuiten, maar ook mooi vanbinnen te zijn. Vaak vond ik het lastig om de zorg die ik aan anderen besteedde te combineren met wat ik zelf nodig had. Zelden of nooit zei ik 'nee' wanneer er iets van me werd gevraagd, ook al twijfelde ik of het niet te belastend voor me zou zijn. Ik vond het zo belangrijk dat men mij lief en aardig vond dat ik niet meer nadacht over de consequenties die het voor mezelf zou hebben.

Als kind werd me geleerd te leven met de seizoenen en ging ik met mijn ouders en mijn broertje veel naar buiten. In de zomer gingen we zwemmen in een zandafgraving en droogden we onze natte lijven in de warme zon. Met vriendinnetjes ging ik picknicken in de tuin of we lagen te luieren met onze voeten in een klein plastic opblaasbadje. In het najaar namen mijn ouders ons mee voor wandelingen in de bossen. We liepen rondom het ven en plonsden met onze rubberen laarzen door het water. Of we klommen zo hoog mogelijk in de bomen waar we ons verstopten in het dichte gebladerte.

Vroeger was de herfst mijn favoriete tijd van het jaar. Ik ben altijd dol geweest op de kleuren en het gevoel van verstilling. Na een periode van veel buiten zijn, kon ik me ook verheugen om me weer wat terug te trekken, als een diertje dat zich klaarmaakt voor een lange winterslaap. In die koude maanden koesterde ik de huiselijkheid en de warme behaaglijkheid van het binnen zijn. De lange avonden en de feestdagen waar ik zo naar uit kon kijken en het eten dat wanneer het buiten ging vriezen me nog beter zou smaken.

Mijn moeder riep ons altijd uit bed als het had gesneeuwd, zelfs toen we al wat ouder waren. Ik deelde met haar de liefde voor die mooie witte wereld, waarin het geluid werd gedempt en de buitenwereld betoverd leek. Zij begreep de romantiek van bevroren vingers en ijskoude voeten en zorgde voor dikke gebonden soep, warme chocolademelk en stoofpotjes. En ofschoon mijn vader een ontzettende hekel had aan de winter vanwege de kou en panisch was voor gladheid, ging hij wel met ons schaatsen of met de slee eropuit.

De kracht die ik als kind had om me te ontspannen en goed voor mezelf te zorgen, ben ik gaandeweg de rit langzaam maar zeker kwijtgeraakt. Zelfs de gedachten aan het strand en de zee waar ik uren in kon dobberen, kon ik niet meer oproepen. Ooit heb ik me echt kunnen warmen aan de zon die verscheen in mijn dromen. De bronnen van kracht waar ik zoveel energie uit had kunnen putten zoals de stilte in mezelf, de natuur en muziek, leken opgedroogd. De laatste maanden van mijn leven ben ik nauwelijks meer in staat geweest om mijn malende gedachten stil te zetten.

Ook al was ik nog zo moe, het lukte me niet om in slaap te komen. Het vermogen om te visualiseren dat me, toen ik jonger was, zo goed had geholpen, kon ik niet meer inzetten. Mijn ouders gingen nog steeds veel wandelen in de bossen en af en toe ging ik met ze mee. Niet meer om te gaan hardlopen, want ik begreep wel dat dit me niet de innerlijke rust kon geven waar ik zo naar op zoek was. Ik denk zelfs dat ik door het rennen was vergeten om me heen te kijken en te zien hoe mooi het daarbuiten was. De laatste paar weken ging ik af en toe met mijn vader na het avondeten nog een blokje om. Hij stelde voor om alleen maar te lopen in het donker, zonder te praten, gewoon om het hoofd leeg te maken.

Een moment met mijn moeder staat me nog zo helder voor de geest. Het had me het inzicht kunnen geven dat ik op de rem moest trappen. We hadden zojuist een duurloop van een paar kilometer achter de rug en waren gestopt om onze ademhaling weer onder controle te krijgen. Het zonlicht kwam gefilterd door het bladerdak heen en vlak voor ons stak een hertje het zandpad over. Blijkbaar waren we zo stil dat het jonge dier zich alleen waande. De kwetsbaarheid en de intimiteit van die paar seconden hadden me de ogen kunnen openen.

Hoe is het toch mogelijk dat ik zover van mezelf verwijderd ben geraakt? Het was al te laat toen ik me realiseerde dat ik fysiek en mentaal compleet uitgeput was. Pas nadat er eigenlijk geen weg meer terug was, voelde ik de oprechte liefde en zorg van de mensen om me heen. Had ik het tij kunnen keren wanneer ik mezelf had opengesteld voor diegenen die zo ontzettend veel van me hielden? Of was het vooral het gebrek aan eigenliefde waardoor ik zo ben afgedwaald?

Het blijft onvoorstelbaar dat ik juist in een gezin waar zoveel aandacht is voor geloof in eigen kracht zo de weg ben kwijtgeraakt. Voor mijn moeder moet het bij tijd en wijle onverteerbaar zijn dat het haar niet is gelukt me een goed gevoel over mezelf te geven. Nooit hebben mijn ouders me gepusht om hoger te grijpen dan wat voor mij mogelijk was en goed voelde. Er werd thuis niet gesproken over diëten, sterker nog, gezond maar vooral lekker eten was de modus. Sport was iets wat vooral leuk moest zijn en muziek maken deed je ter ontspanning. Mijn ouders twijfelden na mijn overlijden of ze de hoofden van mij en mijn broer niet te vol hadden gestopt met mooie verhalen die onze blik op de realiteit vertroebelden.

Maar ze realiseerden zich ook dat er misschien een heel andere verklaring was voor mijn dood en dat deze juist werd ingegeven door een mateloos sterk geloof in eigen kracht. Het zou heel goed kunnen dat ik mijn einde moedwillig gekozen heb, omdat ik blind vertrouwen had in de goede afloop door alles wat me ooit in mijn kindertijd is verteld. Natuurlijk is zeventien jaar jong, veel te jong zullen de meesten zeggen, maar dat ligt helemaal aan de intensiteit waarmee je je leven leidt. Er zijn mensen die met tachtig jaar nog niet de helft hebben geboden van wat ik te geven had. Of nog niet een kwart hebben beleefd en ervaren van wat ik in ogenschijnlijk korte tijd heb meegemaakt. Wat blijft er van ons over wanneer we het begrip van tijd loslaten? Wanneer je naar een mensenleven kijkt vanuit het perspectief van de eeuwigheid? Eindigheid afzet tegen het oneindige? Dan is mijn leven een stipje en dat van een hoogbejaarde man of vrouw een iets groter stipje, maar nog steeds niet meer dan dat.

Hechten wij niet veel te veel waarde aan het fysieke gemis van onze geliefden na de dood? Jij hebt makkelijk praten, zul je misschien zeggen. Ik realiseer me terdege dat ik mijn ouders en mijn broer en alle anderen die ik zo lief heb ontzettend op de proef heb gesteld. Het is de ultieme test om te onderzoeken of liefde ook over de dood heen voelbaar is. Mijn moeder kon niet weten dat de grootste proeve van bekwaamheid nog afgelegd moest worden, toen ze zei dat ze onvoorwaardelijk van me hield, dat ik haar nooit teleur kon stellen. Zij twijfelde zelfs over de oprechtheid van die eens zo vol overtuiging uitgesproken bewering, want was het überhaupt wel mogelijk om zonder enige verwachtingen en tegenprestaties lief te hebben wanneer de angst voor verlies zo allesoverheersend is? Dagen kon zij filosoferen over de vraag of onvoorwaardelijk liefhebben niet pas mogelijk is wanneer de ander volledig losgelaten kan worden.

Wat me nog het meest verbaast en ontroert is dat mijn ouders zonder dat iemand het hen heeft voorgedaan of verteld, weten wat hen te doen staat. Zij grijpen terug naar de basis van hoe ze ooit samen zijn begonnen en nemen mijn broer in hun kielzog mee.

Ze vertellen elkaar verhalen en spreken vrijuit over hun liefde voor elkaar. Alle drie zoeken ze de stilte in zichzelf en in de ruimte om hen heen. Zo vaak mogelijk gaan ze naar buiten, om naar mijn graf te gaan, maar liever nog de natuur in. Soms wanneer ze door het gemis worden overspoeld, lukt het hen om mij in hun hart te voelen. De laatste tijd groeit bij hen de overtuiging dat met mijn overlijden een proces is ingezet waarbij wij alle vier een ontwikkeling doormaken die bijna gelijk opgaat. Wanneer ik zie dat zij zich open kunnen stellen en stappen zetten, kan ik ook weer verder. Andersom zou ik haperen, misschien zelfs stilstaan wanneer ik bemerk dat mijn ouders of mijn broer en zelfs mijn vrienden blijven steken in hun gevoelens van vertwijfeling en gemis. Alsof met mijn vertrek een spiegel in werking is getreden waar we doorheen kunnen kijken en zo elkaar kracht kunnen geven. Langzaamaan verwijderen we ons, achteruitlopend van die spiegel in het besef dat we ieder onze weg kunnen vervolgen, bewust van een nieuwe realiteit. Want dat we verder gaan is zeker. Soms samen maar vaak ook ieder op zijn eigen, eenzame manier, maar nooit voor lang. Hulptroepen zijn nabij, overal en altijd, als je ze maar ziet en toelaat.

Nu pas komt bij mijn ouders het besef dat ik hen zeventien jaar geleden in Colombia heb uitgekozen, omdat ik dacht dat zij het in zich zouden hebben om de jaren met mij te delen en om te gaan met het feit dat ik zo jong deze immense beslissing moest nemen. Ik heb niemand verdriet willen doen, ik heb altijd wel gedacht dat zij betekenis zouden kunnen geven aan mijn besluit. Zodat ik altijd in hen voort zal blijven leven. Alleen deze ene keer heb ik voor mezelf gekozen, omdat ik niet anders kon. Hoe ongelofelijk mooi is het dan om te constateren dat ik nu hun allergrootste bron van kracht ben en zal blijven zijn.

17

De jaargetijden

Bij het invallen van de herfst keek ik terug op de periode die achter me lag. De symboliek waar deze tijd van het jaar voor staat was me niet ontgaan. Bladeren vallen omdat ze geen voeding meer uit de bomen kunnen halen. De natuur verandert om uiteindelijk weer plaats te maken voor een nieuwe geboorte. Het zou een periode moeten zijn waarin je jezelf kunt terugtrekken met een gevoel van voldoening. Maar terugblikkend op alle inspanningen die ik had verricht, kon ik maar tot één conclusie komen: wilde ik echt vrij zijn, dan zou ik het leven los moeten laten.

De winter is na de herfst het seizoen dat het meest verbonden is met de dood en het verlies van hoop. Ik zie nu dat de donkere maanden na mijn overlijden mijn ouders en mijn broer vooral hebben geholpen om zich af te sluiten voor de wereld om hen heen. De kou en het gebrek aan daglicht beschermden hen voor de geluiden van buiten. Het gaf hun een excuus om de gordijnen te sluiten en het huis niet vaker dan nodig te verlaten. Nog even konden ze zich verstoppen, wegkruipen in hun warme hol, dicht bij elkaar. Niemand vroeg hun iets, er werd nog niets van ze verlangd.

De keren dat ze wel naar buiten gingen, maakten ze lange wandelingen. In het begin voerden ze nog hele gesprekken, maar naarmate de tijd verstreek werden ze stiller en stiller. Ze ervoeren dit zwijgen als een prettige bijkomstigheid van hun vernieuwde band. Ze konden met steeds minder woorden toe om elkaar duidelijk te maken wat ze voelden. Voorzichtig probeerden ze weer deel te nemen aan de wereld om hen heen. Soms was het lastig om de hoeveelheid aan woorden te verdragen die door anderen over hen werd uitgestort. Op feestjes en op het werk werden gesprekken vaak als inhoudsloos ervaren, eindeloos werden standpunten herhaald en in hun ogen kon men oeverloos uitweiden over schijnbaar onzinnige onderwerpen.

Soms voelde het of hun verdriet groter was dan welke ervaring ook. Mijn moeder dacht alles beter te kunnen verdragen dan het moeten missen van een kind. Kon zij nog ooit empathie opbrengen voor anderen die te maken hadden met een ogenschijnlijk kleiner verlies? Tegelijkertijd realiseerde zij zich dat ze met deze gedachte bovenal zichzelf verloochende. Zij zou geen luisterend oor meer kunnen bieden aan diegenen die op hun manier worstelden met het leven. Uiteindelijk zouden vrienden afhaken en zou ze alleen omkijken in bitterheid en wrok. Wie intens wil leven moet ook bereid zijn pijn te accepteren. Wanneer zij zich weer volledig konden openstellen voor de levens van anderen, hoe klein de ogenschijnlijk futiele beslommeringen in die levens ook waren, pas dan zou oprechte vriendschap weer mogelijk zijn.

Bij het verschijnen van de eerste knoppen aan de bomen vroegen zij zich af of ze ooit weer gelukkig zouden zijn. Wat is geluk en is geluk iets wat moet worden nagestreefd? Kan het zijn dat na het doormaken van het grootst mogelijke verdriet het leven een diepere betekenis krijgt waardoor het intenser wordt beleefd? Zouden ze minder bang zijn nu hun grootste angst bewaarheid was geworden? Is het mogelijk dat een leven van herinneringen het origineel kan evenaren?

Het waren niet de meer voor de hand liggende hoogtepunten in hun leven samen zoals verjaardagen, vakanties of een bezoek aan een concert, waar ze met een knagend gevoel van gemis aan terugdachten. Nee, het waren juist de kleine, ogenschijnlijk onbeduidende momenten van alledaagsheid die ze nu zo ongelofelijk misten. De klaterende douchegeluiden bij het ontwaken in de ochtend, de zoete meisjesgeur die ik in het voorbijgaan had achtergelaten en de vraag naar wat we die avond zouden eten. Op hun netvlies stond het beeld gebrand van mijn favoriete pose: op het einde van een drukke dag, wanneer ik weggedoken in de verwassen zalmroze badjas, opgekruld in een hoekje van de bank lag. De herinnering aan het gegil bij het zien van een minuscuul klein spinnetje. Het uitgelaten lachen met vriendinnen aan de keukentafel.

Mijn moeder verbaasde zich over de open plekken in de badkamer waar ooit mijn dagelijkse rituelen van scrubben en smeren hadden gestaan in ontelbaar gekleurde potten en flesjes, de dagen van een bijna lege wasmand en het strijkgoed dat met de helft was geslonken. Maar het allermeest misten zij, met een kreunend verlangen, het geluid van mijn fiets die de oprit opdraaide. Het uur van de dag waarop we samen aan de keukentafel zaten nog voordat het eten zou worden opgediend en ieder zijn verhaal vertelde. De avonden waarbij het buiten stil en donker werd, de geluiden van de piano die hoognodig moest worden gestemd en de poes tevreden knorrend op haar dekentje opgerold tegen een paar opgetrokken benen. De wetenschap dat het gezin compleet was, de schuur en het huis gesloten en de lichten aan. De zekerheid dat we samen de nacht in konden gaan en dat we allemaal veilig thuis waren.

Onverwacht en ongevraagd deed het voorjaar toch zijn intrede. Het uitbundige gekwetter van de vroege vogels en de zon voelden als een belediging voor het verdriet. Het was alsof die lauwwarme zonnestralen mijn moeder weer lieten terugkeren naar die eerste weken vlak na mijn overlijden toen het najaar zo mild was geweest. De paniek die zij toen had gevoeld en het besef dat alles voor niets was geweest kwamen in alle hevigheid terug. Het voorzichtig hervonden evenwicht en de hoop dat het leven ooit weer de moeite waard zou zijn, was in een klap verdwenen. Alleen de verantwoordelijkheid die ze voelde voor mijn vader en broer hield haar op de been. Ze dacht dat haar wanhoop en het verlies van alle moed overeenkwamen met wat ik vlak voor mijn dood moest hebben gevoeld, alsof ik haar wilde laten inzien hoe ik tot mijn daad was gekomen.

In diezelfde tijd werd er een baby in de familie geboren. En ook al waren mijn ouders oprecht gelukkig met de komst van dit prachtige meisje: de confrontatie was immens pijnlijk. Het contrast tussen het verlies van hun dochter en deze geboorte kon haast niet groter en leidde bij hen tot een overweldigend gevoel van gemis. De schaamte van het niet compleet onbevooroordeeld blij kunnen zijn, maakte dat ze zich nog meer terugtrokken. De mensen om hen heen konden zich geen voorstelling maken van hoe confronterend juist die momenten waren wanneer verdriet en blijdschap samenkwamen. Het was alsof de rouw er niet mocht zijn naast zoveel geluk.

Langzaam kwam het besef en de acceptatie dat dit intense verdriet voor altijd deel zou uitmaken van wie zij waren. Het was onderdeel geworden van hun DNA. Tegelijkertijd realiseerden zij zich dat ze ook niet anders zouden willen, al was er de hoop dat het met het verstrijken van de tijd milder zou worden. Mijn moeder merkte dat er iets leek te veranderen aan de foto die als screensaver op haar computer stond. Het leek alsof de eerste maanden na mijn overlijden een diepere, eerst verborgen, verwonde kwetsbaarheid door mijn blik heen schemerde. Maar de afgelopen weken was het alsof de flauwe, bijna serene glimlach in die intense blik niet langer verdriet weerspiegelde, maar juist open, licht en hoopvol was.

Was het haar eigen proces dat ze een andere betekenis leek af te lezen in mijn ogen en aan mijn mond? Of was ik het die haar iets duidelijk probeerde te maken via een soort van transcendente wereld? Mijn moeder, die altijd wars was geweest van alles wat te maken had met het digitale tijdperk, kon bijna niet geloven dat ik via het beeldscherm van haar pc met haar probeerde te communiceren. Was het haar verbeeldingskracht of het lengen van de dagen, die maakten dat er iets meer lichtheid kwam?

Van het begin af aan, vrijwel direct na mijn overlijden had mijn moeder geweten dat ze alleen door te zoeken naar de stilte tot de bodem van haar bestaan zou komen en daarmee tot het diepst van haar verdriet. Onbewust had ze geweten dat ze maanden van bezinning nodig zou hebben om voorzichtig weer de weg naar boven terug te vinden. Het was alsof ze haar leven weer vanaf de eerste steen op moest bouwen. Meer nog dan mijn vader en broer voelde ze dat ze helemaal opnieuw moest beginnen.

In haar verbeelding keek ze naar haar leven alsof het een toneelstuk was in drie bedrijven. De eerste lange periode voor mij, was voor een groot deel ingekleurd door haar kindertijd en de springerige onrust van het puber zijn. Gevolgd door de jaren van jongvolwassenheid met alle twijfel en het zoeken naar houvast. De eerste kennismaking met de liefde en het kiezen voor een toekomst samen had uiteindelijk geleid tot mijn komst. Daarmee begon het tweede deel van haar leven, een intens gelukkige tijd waarin mijn broer en ik beiden een hoofdrol hadden gekregen. Alles in die jaren had in het teken gestaan van het gezin waarin zij haar meest favoriete rol tot nu toe had gespeeld. En nu was ze aanbeland in het derde deel waarin alles open lag en opnieuw moest worden ontdekt. Ze had geen idee hoe het zou aflopen, maar ze begreep dat als ze ooit weer gelukkig wilde zijn, ze dit niet kon laten afhangen van anderen. Bovenal moest ze weer vrede met zichzelf zien te vinden.

Haar intuïtie had haar al die tijd niet in de steek gelaten. Zonder omkijken had ze alle werkzaamheden waarmee ze zich tot aan mijn dood zo intensief had beziggehouden en die tot dan toe zo belangrijk hadden geleken stopgezet. Haar werk had plaats gemaakt voor het schrijven. Zoals de stilte ruimte had gemaakt voor bezinning, had het schrijven haar geholpen haar overpeinzingen te ordenen, zodat zij niet verstrikt was geraakt in een maalstroom van ondermijnende gedachten. Tegelijkertijd had ze de tijd genomen te dagdromen waardoor de fantasie die na haar kindertijd in een sluimermodus was geraakt weer kon gaan stromen.

Af en toe wisselde mijn moeder halverwege de nacht van slaapkamer en eindigde ze de laatste uren van de nacht in wat eens mijn bed was geweest. Na weken waarin ze urenlang met open ogen naar het plafond lag te staren, merkte ze dat ze daar in de uren voordat het weer licht zou worden een diepe innerlijke rust vond.

In die tijd vroeg papa haar of zij het raam op mijn kamer weleens opende. Iedere keer zorgden zij ervoor dat de kruk van mijn slaapkamerraam naar beneden was gedrukt, maar met enige regelmaat zagen zij dat die een kwartslag was gedraaid. Mijn moeder ondervroeg mijn broer of hij haar plaagde, maar hij beweerde bij hoog en laag dat dit niet het geval was. Zij werden zich ervan bewust dat mijn energie nog volop aanwezig was in huis en koesterden dit als een klein geluk.

Met het ontwaken van de lente kwamen ook de kinderstemmen terug in de straat. Af en toe werd mijn naam geroepen door de jongens en de meisjes uit de buurt. Wanneer ze belletje wilden trekken werden ze door volwassenen toegefluisterd ons huis te mijden. Voor mijn moeder was het juist fijn te horen dat ze mij nog niet waren vergeten. Het bracht haar terug naar de tijd dat ik nog met zoveel plezier mee had willen spelen. De kleuter, die ons op een zonnige dag urenlang had vermaakt door eindeloos te trommelen en waar we zo ontzettend om hadden moeten lachen, zou binnenkort weer optreden.

Mijn ouders waren dankbaar dat ik altijd zo dicht bij hen was geweest. Zij troostten zich met de gedachte dat we optimaal van elkaar hadden genoten, de maximale tijd die mij restte met hen had doorgebracht. Hoe wrang zou het zijn geweest als ik mijn definitieve vertrek van deze wereld vanuit de eenzaamheid van een studentenkamertje had gepland. Het feit dat ik had gekozen om tot het einde toe thuis te blijven was een troostvolle gedachte.

Achter in de tuin vond mijn moeder nog plastic bekertjes van het eindexamenfeest, dat nog maar zo kort geleden was geweest. Het was haar een doorn in het oog dat de plek waar mijn vader me had gevonden was verworden tot een troosteloze begraafplaats van vergane bloemen. De boom die mij in de laatste ogenblikken van mijn leven beschutting had gegeven kon het ook niet helpen dat ik juist zijn takken had gekozen. Zoals mijn leven ook na mijn dood moest worden gevierd, zo moest ook de tuin een fijne plek worden voor vogels en vlinders. Ook bijen en hommels zouden welkom zijn, zolang het maar geen vergeten plek zou worden. In plaats van alles weg te stoppen besloten mijn ouders een prieel te plaatsen tussen de perenboom en de laurier die me zoveel kracht had gegeven. In de toekomst zou het als steun dienen voor wilde witte rozen, clematis en geurende jasmijn. De tuin moest omgetoverd worden tot de plek in het bos uit mijn moeders kinderdromen. Een plek waar ik kon liggen in het open gras en dieren in een cirkel om mij heen konden staan. Als een lauwerenkrans die de overwinning op het leven symboliseert zou het nieuwe terras achter in de tuin moed geven aan degenen die een schuilplaats zochten.

Mijn moeder dacht eraan om kippen te houden, samen met mijn broer die ze van kleins af aan al leuke dieren vond. Het moesten zijdehoenders worden, een kleine soort die oorspronkelijk uit de Himalaya komt, met een vacht in plaats van veren. Mijn vader had zich jarenlang verzet tegen hun komst, maar hij ging overstag, omdat hij zag dat het mogelijk weer wat huiselijkheid en afleiding zou geven. Waarschijnlijk had hij tegen alles 'ja' gezegd wat mijn moeder en mijn broer maar enigszins gelukkig had kunnen maken. De boomhut zou een nieuwe bestemming krijgen en de herinneringen aan de tijd dat er nog kinderen in speelden zou langzaam plaatsmaken voor nieuwe dromen van een toekomst samen.

Het lengen van de dagen maakte het voor mijn ouders moeilijker om zich aan huis te kluisteren. Het zonlicht zou steeds feller branden en de geluiden van buiten maakten het onmogelijk binnen te blijven. De veldbloemen waar ik zo van hield verschenen overal weer in velden en vazen. De geboorte van een kind maar ook de jonge merels waren onmiskenbaar het begin van een nieuwe fase. Binnenkort zou het weer zomer worden, een tijd om te oogsten. Zij hadden geen idee van wat er naar boven zou komen, wisten niet meer wat ze hadden geplant. Door al het prille, omhoogschietende groen werden ze weer nieuwsgierig naar de volgende dag. Het werken in de tuin bleek voor mijn vader onverwacht een bron van ontspanning. Met zijn handen in de zwarte aarde boog hij voorzichtig de ontluikende bloemen opzij om ze te ontdoen van het onkruid.

Mijn moeder opperde al vrij snel na mijn overlijden het idee om een grote reis te gaan maken. Mijn vader was daar nooit zo'n voorstander van geweest, maar hij begreep dat ze ver weg van alles en iedereen dichter tot elkaar zouden kunnen komen. In een volmaakt vreemd land met een compleet andere cultuur zouden ze samen moeten werken om er een geslaagde vakantie van te maken. Nieuwe herinneringen moesten groeien. De keuze voor de bestemming lieten mijn ouders over aan mijn broer.

China moest het worden. En hoewel zij misschien in eerste instantie wat huiverig hadden gestaan ten opzichte van zijn keuze en dit land absoluut niet hun eerste voorkeur zou hebben gehad, waren zij bereid zich te laten verrassen. Daarbij wilden ze bovenal laten merken hoe belangrijk hij voor hen was en dat ze hem zouden volgen waar hij ze ook naartoe zou leiden. Een aardige bijkomstigheid was wel dat China zeker niet een land zou zijn waar ik naartoe zou hebben gewild, waardoor het niet zou voelen als een soort verraad.

Ongepland en onbedoeld hadden mijn ouders de cyclus van de seizoenen gebruikt om weer een nieuw evenwicht te brengen in hun leven. Ze hadden zoveel mogelijk geprobeerd mijn broer te betrekken in het maken van plannen voor nieuwe projecten. De reis zou hun leren zich vanuit een compleet ander perspectief tot elkaar te verhouden. Mijn moeder zou weer de rol op zich nemen van rasoptimist en zou soms moeten worden afgeremd in haar soms bijna kinderlijke enthousiasme en impulsiviteit. Waarschijnlijk zou mijn vader zich vol interesse op de lokale keuken storten en zich niet af laten leiden door een koeienoog meer of minder in zijn soep. Mijn broer zou als gids fungeren en van hun drieën het best op de hoogte zijn van de bezienswaardigheden en de gebruiken van het land. Als pelgrims zouden zij in contact treden met een nieuwe cultuur en leefwijze. Onbewust zou de reis een symbool zijn voor de innerlijke zoektocht die ze alle drie, onafhankelijk van elkaar, de afgelopen periode hadden afgelegd. Het allermooiste wat het hun kon brengen was weer het begin van een nieuw verhaal waar ze elkaar voortaan aan konden herinneren. Mogelijk zou het helpen weer grip op het leven maar vooral op elkaar te krijgen. Ik verheugde me nu al op het plaatje dat dit zou gaan opleveren. Het zou het midden houden tussen slapstick en drama, maar ik was er zeker van dat ze ook hier weer sterker uit zouden komen.

18

China

Wachtend op het moment dat ze konden gaan boarden, luisterden zij naar de aankondiging dat een andere vlucht vertraging had omdat een passagier zich nog niet had gemeld. Een metaalachtige, sonore stem klonk luid door de immense vertrekhal van Schiphol: *Passenger... you are delaying the flight.*
Mijn moeder keek mijn broer en mijn vader met een schuin oog en met opgetrokken wenkbrauwen glimlachend aan. Het was niet moeilijk om te raden wat hun gedachten waren. Hoe vaak hadden ze niet op mij staan wachten, vlak voor vertrek van huis omdat er toch iets vergeten was en ik nog een mogelijkheid zag om de overvolle koffers nog voller te proppen? Nog niet zo heel lang geleden hadden mijn ouders zuchtend verklaard dat ze op deze manier niet meer wilden reizen en dat ik de komende vakantie maar op eigen gelegenheid of met vriendinnen moest gaan.
'Dit gaan we zo niet meer doen, dit is echt de laatste keer. Volgende jaar is het je eigen verantwoordelijkheid, eens kijken hoe je dan je boeltje langs de douane krijgt geloodst!' had mijn moeder in haar wanhoop en met een stem die droop van ergernis geklaagd.
Hoe wrang leken nu die uitspraken en wat zouden ze ervoor over hebben gehad om de klok terug te draaien en desnoods dagen, weken en zelfs maanden geduldig en lijdzaam te wachten tot ik eindelijk klaar zou zijn voor vertrek. Zonder morren zouden ze de bijbetaling voor het overgewicht van mijn bagage hebben gedaan.

De verre reis die voor hen lag zou het begin zijn van een nieuwe fase. De afgelopen vijftien jaar waren de zomers voornamelijk gevuld door bestemmingen waar het in eerste instantie vooral kindvriendelijk, rustig en relatief schoon zou zijn. Voor deze reis hadden ze geprobeerd zich een voorstelling te maken van een land aan de andere kant van de wereld, waar zeker niet werd voldaan aan deze drie ooit belangrijke voorwaarden voor een geslaagde vakantie. Ze hadden gelezen over het gebrek aan hygiëne en een ander besef van omgangsvormen en zich zo goed mogelijk voorbereid.

Mijn moeder en mijn broer hadden zich voorgenomen het mausoleum te bezoeken van Mao. In haar jonge, naïeve jeugdjaren had mijn moeder het communisme een korte tijd gezien als oplossing voor de honger in de wereld. Na geschiedenislessen over het China onder deze wrede overheerser had ze haar mening drastisch moeten herzien en was ze voorgoed genezen van deze ideologie.

Een paar dagen na de lange vlucht stonden ze tussen duizenden Chinezen in de rij om te zien of de grote roerganger zich nog niet had omgedraaid in zijn graf nu China de deuren wagenwijd had opengegooid voor de verleidingen van het westen.

'Moeten we geen bloemen kopen?' vroeg mijn broer.

'Het is nog tot daar aan toe dat we hier uren in de rij gaan staan, maar je denkt toch zeker niet dat ik ook nog eens bloemen ga leggen bij het graf van een man die miljoenen doden op zijn geweten heeft,' zei mijn moeder. Ze waren van plan om zich onder te dompelen in de cultuur, zich mee te laten voeren met de stroom en zich te verbazen, maar niet te oordelen.

Vanaf het moment dat ze voet op Chinese bodem hadden gezet, bleek het bijna onmogelijk zich verstaanbaar te maken. Op de eerste avond in het restaurant met de veelbelovende naam 'Roasted duck' probeerden ze iets te bestellen. De naam van het restaurant suggereerde toch op zijn minst dat men wist wat men op de kaart had staan, maar het tegendeel was het geval.

De enorme schaal met wat er op het plaatje van het menu had uitgezien als rundvlees bleek verschillende variaties orgaanvlees te bevatten.

De honger was niet bevorderlijk voor het geduld dat nodig is wanneer je niet gewend bent om met stokjes te eten. Pas uren later, nadat het personeel zich op allerlei manieren de moeite had getroost het hen naar de zin te maken, kwam de zo lang gekoesterde gegrilde eend op tafel. Een jong, behulpzaam meisje dat beweerde Engels te spreken, beantwoordde hardnekkig ieder keer hun *thank you* met *very much*.

Vanaf een veilige afstand sloeg ik ze gade en kon niet anders dan me verkneukelen om de situatie waarin ze waren beland. Ze hadden het goed ingeschat dat dit alles zeker niet aan mij besteed zou zijn geweest. Maar op deze manier vond ik het meer dan vermakelijk.

De eerste indrukken, de warmte die als een klamme deken over de stad lag, de enorme mensenmassa op het plein van de Hemelse Vrede, de drukte op de perrons voordat de treinen arriveerden en de overvolle metro's: het benam hen soms letterlijk de adem. Op straat werd mijn moeder staande gehouden en wilde men met haar op de foto. Haar lengte, haar blonde krulhaar, blauwe ogen en blozende gezicht: ze wist niet of ze haar mooi of monsterlijk vonden. Maar de hoop die ze vooraf hadden gehad om het oude China te zien werd meer dan ingelost. Het aanzien van de Verboden Stad, het Zomerpaleis en de vele indrukwekkende tempels, het erfgoed dat overal in de stad voor het oprapen lag, het overweldigde hen.

Op het moment dat ze boven op de Chinese Muur stonden, herinnerde mijn moeder zich dat dit huzarenstukje van zesduizend kilometer lang en ver voor Christus gebouwd, zelfs vanaf de maan zichtbaar zou zijn. Ze had het altijd voor een broodjeaapverhaal gehouden, maar wie weet zat er een hele kleine kern van waarheid in. Als het dan toch waar mocht zijn, dan was de kans groot dat ik nu wel heel dicht bij hen was. De eerste dagen hadden ze nauwelijks tijd om me te missen. Natuurlijk was ik in hun gedachten, maar het was minder aanwezig en dwingend op de voorgrond. Ze werden in beslag genomen en overspoeld door alle indrukken die zover afstonden van alles wat hen tot dan toe bekend en vertrouwd was geweest. Ze zouden zich overgeven met een minimum aan verwachtingen. Talent voor improvisatie zou hen goed van pas komen.

Een oude studievriend van mijn vader woonde en werkte al zestien jaar in Beijing samen met zijn Colombiaanse vrouw en hun veertienjarige zoon. Ze waren er een paar dagen te gast en het voelde even als een oase van rust in die eerste hectische dagen van hun vakantie in die vreemde omgeving, waar ik me zeker ontheemd zou hebben gevoeld.

In een paar dagen werden ze bijgeschoold over de mores van het land en kregen ze een beeld van de enorme ommezwaai die de mensen hier de afgelopen tijd hadden moeten ondergaan.

Ook dit gezin, waarvan de zoon hier zelfs was geboren, werd na al die jaren nog met enige regelmaat verrast door de gebruiken in het land. Met het binnenhalen van de rol als gastland voor de Olympische Spelen van 2008 was er veel veranderd. Een publiekscampagne had ervoor gezorgd dat de stedelingen zich met de komst van zoveel toeristen uit het buitenland deels hadden aangepast aan de westerse standaarden: niet meer spugen op straat, geen boeren of winden laten in het openbaar, niet meer voorkruipen in de rij, je afval in de daarvoor bestemde prullenbakken gooien en niet meer uit het raam van een rijdende auto. De complete chaos in het verkeer bleef wennen. Met het toenemen van de welvaart waren er steeds meer auto's in de stad, die zorgden dat er soms geen doorkomen aan was. In de spits stond alles vast en werd de claxon als belangrijkste oplossing van het fileprobleem gezien. Terwijl voor de Chinezen ooit het bezit van een fiets het ultieme toonbeeld van rijkdom was geweest, bezat nu bijna iedereen een eigen auto.

Ineens waren deze vage kennissen een voorbeeld voor hun eigen toekomst samen: een klein hecht gezin dat vanwege hun status als expats op zichzelf is teruggeworpen. De families in Colombia en Nederland zijn op grote afstand en vriendschappen hebben de duur van een arbeidscontract in het gastland. Het leven van een wereldburger gaat niet over rozen.

De snelheid en de druk die aan deze kant van de wereld wordt gelegd op jongeren om te presteren en te slagen in het leven is ongekend zwaar. In China worden de kinderen geacht om voor hun ouders en schoonouders te zorgen wanneer deze oud zijn en zelf niet meer tot werken in staat. Dit systeem maakt dat het eenkindbeleid een enorme last op hun schouders is. De opvoeding is vooral gericht op het verwerven van kennis en het plannen van een bliksemcarrière, zonder dat er veel aandacht is voor het aanleren van normen en waarden of het verkrijgen van morele inzichten.

Ik zie dat mijn moeder door de gesprekken en discussies wordt overvallen door haar eigen weemoed en overpeinzingen. Waarom was ik niet gewoon gelukkig geweest in een wereld waar juist zoveel ruimte was voor persoonlijke vrijheid en ik me had mogen ontwikkelen tot wie ik had willen zijn? Was het misschien een teveel aan keuzes geweest waardoor ik kopje-onder ben gegaan? Waren er te weinig grenzen gesteld waardoor ik was losgeslagen? En na die eerste paar dagen op reis waarin het verdriet meer naar de achtergrond was verdrongen, als een onzichtbaar diertje, opgerold in een diepe slaap, kwam het onverwacht in alle hevigheid weer boven.

Zij hadden ondertussen geleerd zich niet meer te verzetten tegen dit soort momenten waarop het gemis hun overspoelde. Het kwam en het ging als een golfbeweging. Zoals eb overgaat in vloed, beukte het de ene keer keihard op de rotsen en kabbelde het de andere keer rustig over het warme gele strand.

Na een week in de hoofdstad werd de reis per trein voortgezet. In Pingyao konden ze een paar dagen tot rust komen in een sfeervol authentiek 'courtyardhotel' met rode lampions. Even had mijn broer de beschikking over een eigen kamer. Tot dan toe hadden zij met z'n drieën op een kamer geslapen en had hij zich moeten schikken in het volledige gebrek aan privacy. Zijn principe om beslist niet met meerdere personen uit hetzelfde glas of flesje te drinken, had hij de dagen daarvoor al overboord gegooid. Zelfs de schaamte van buikkramp en het veelvuldig toiletbezoek dat binnen gehoorsafstand van anderen lag was voorbij. Het was alsof ze nog nooit zo vertrouwd en zo close waren geweest. De verhoudingen leken veranderd, er was meer dan ooit sprake van een onderlinge band, gelijkgestemd en gelijkwaardig, alsof ze met drie volwassenen reisden.

In Xian bezochten ze het terracottaleger. Stel je voor, de verbazing van de boeren die ergens halverwege de jaren zeventig van de vorige eeuw in een waterput op het platteland de overblijfselen vonden van deze schat van meer dan tweeduizend jaar oud. De duizenden levensgrote soldaten met allemaal een eigen gezichtsuitdrukking, de strijdwagens en paarden van klei, die een megalomane keizer hadden begeleid in zijn graf, stonden na de opgraving tentoongesteld in een enorme hal. Dan was ik toch bescheiden ter aarde besteld, met de knuffels uit mijn kindertijd als enige reisbescheiden.

Na de tweede week was er een wat langere stop gepland op het platteland. Midden in het Karstgebergte logeerden ze bij een Nederlands echtpaar dat een kleinschalig en sfeervol appartementencomplex runde. De prachtige omgeving werd verkend vanaf een bamboevlot dat de rivier afvoer en door te fietsen onder begeleiding van een vriendelijke vrouwelijke gids, die hen tussen de rijstvelden door laveerde. Hoewel het verblijf mooi was en de gastheer en -vrouw meer dan vriendelijk, vonden ze het moeilijk om hier te zijn. Door de aanwezigheid van relatief veel Nederlandse gezinnen hadden zij af en toe het gevoel in Frankrijk op de camping te staan. De intimiteit die ze hadden gevoeld doordat ze volledig in anonimiteit in de massa op konden gaan was hier niet langer mogelijk. Daarbij riep het te veel herinneringen op aan al die prachtige zomers die we samen hadden doorgebracht.

Maar de aanwezigheid van zwarte vlinders zo groot als vogeltjes overviel en ontroerde hen en maakte veel goed. De mormoonvlinder, de *papilio memnon*, die in deze contreien veel blijkt voor te komen is van een andere categorie dan het meer bescheiden exemplaar waarin ik mezelf had geopenbaard. Toch voelden mijn ouders sterk dat het mijn manier was om ze mijn nabijheid te laten merken. Niet alleen zwarte, maar ook witte en gekleurde soortgenoten fladderden om hen heen. Velden vol met enorme metershoge lotusbloemen met hun roze bladeren en gele stampers, bijna alsof ze van plastic waren, sierden de waterkant. Ondanks de enorme luchtvochtigheid en verzengende hitte ondernamen ze een klim naar de top van Moon Hill, zo genoemd vanwege de ronde opening in de bergtop vanwaar je een prachtig uitzicht hebt over de omgeving.

En terwijl mijn moeder een aparte kamer had geboekt voor mijn broer om af en toe een eigen plek voor hem te hebben, leek hij de voorkeur te geven aan een verblijf met z'n drieën in dezelfde ruimte. Het was onvoorstelbaar hoe hun behoeftes en voorkeuren in het korte tijdsbestek van een paar maanden waren veranderd. De hoogste prioriteit was niet langer dat de omgeving schoon, sfeervol en praktisch was, bovenal waren zij gebaat bij de mogelijkheid samen te zijn, niet afgeleid door de nadrukkelijke aanwezigheid van anderen.

Maar de reis was nog niet ten einde, het venijn zat in de staart. Mijn moeder, die toch degene was met de meeste ervaring op het gebied van reizen in verre landen, leek nu het meeste moeite te hebben zich te schikken. De nachttrein naar Hongkong was een hobbel die nog moest worden genomen. En terwijl de mannen zich overgaven aan de situatie en nog een redelijke nacht hadden in de vierpersoons slaapcoupé, was het mijn moeder die wakker lag en zich zorgen maakte of de trein wel op de rails zou blijven. Tegelijkertijd realiseerde ze zich dat ze het leven weer de moeite waard begon te vinden. Het zou toch jammer zijn als hun avontuur hier in de nacht, *in the middle of nowhere*, ten einde zou komen. De aankomst in de stad vanwaar zij weer naar huis zouden reizen was meer dan welkom. De komende paar dagen hadden zij de beschikking over een luxe hotelkamer met eigen sanitair, een zwembad en een westers ontbijt.

Pas hier realiseerden mijn ouders zich dat hun opzet was geslaagd. Het oorspronkelijke plan om samen nieuwe herinneringen te creëren, te overleven in een wereld die niet van hun was, waar zij compleet vreemden waren, was gelukt. Zij waren niet langer de schipbreukelingen die wanhopig zochten naar vaste grond onder de voeten. Natuurlijk had mijn broer nog steeds dezelfde opstartproblemen in de ochtend en liet hij mijn ouders, hoewel minder lang, op zich wachten. Uiteraard was hij af en toe dwars en opstandig. Maar bovenal was hij verstandig, grappig, coöperatief en beheerst. Mijn vader was nog niet veranderd in een Marco Polo die onbevreesd nieuwe uitdagingen aanging, zoals het zich laten leiden door een gids die geen enkel woord Engels sprak. Ondanks dat gaf mijn vader zich over aan het onbekende, leek hij zich tegen zijn natuur in te willen schikken in het plan dat anderen zonder zijn medeweten en zonder overleg voor hem hadden uitgestippeld. Mijn moeder met haar levenslange strijd tegen fastfood leek bereid te zijn om af en toe een KFC en een McDonald's binnen te gaan. Haar hang naar schone lucht en de rust van de natuur had ze naast zich neergelegd en in plaats daarvan had ze zich overgegeven aan de grootst mogelijke chaos, de smog en drukte die past bij een miljoenenstad. Ze was zelfs over haar gevoel van claustrofobie heen gestapt om in de overvolle metro's van Peking en Hongkong te reizen. Onveranderd was ze in haar optimisme om een restaurant te vinden zonder tl-buisverlichting, met een sfeervol interieur en schone toiletten, hoewel ze wist dat dit een bijna onmogelijke opgave was en geen verband hield met de kwaliteit van het eten.

Het was bovenal duidelijk dat ze hun best wilden doen om het elkaar naar de zin te maken, dat ze van elkaar hielden en vooral samen verder wilden. Bij terugkomst in Nederland zouden ze het moeilijk krijgen om het gevoel van verbondenheid vast te houden. De afleiding van sociale verplichtingen, werk en studie lagen op de loer. Ze zouden moeten waken voor het te veel afwijken van de goede voornemens die zij hadden gemaakt.

Bij hun thuiskomst was de tuin overwoekerd, het gras te hoog en waren de borders en de tegels met onkruid bedekt. Het leek mijn ouders onvoorstelbaar hoe uitbundig alle nieuwe aanplant zo had kunnen groeien, alsof het altijd al zo was geweest. Alles leek te bewegen door alle insecten die met hun monotone geneurie de bloembedden omgaven. Het kon niet anders dan dat ik ook hier de hand in had gehad. Het huis wachtte hen op, geduldig, zoals ze het hadden achtergelaten met daarin mijn kamer, vertrouwd en onveranderd zoals ik hem die ochtend heb achtergelaten.

19

Een nieuwe start

Nu de zomer op zijn eind liep en het daglicht achteloos werd teruggedrongen, kwam het tijdstip van mijn afscheid tergend langzaam dichterbij. Bijna een jaar was voorbijgegaan en het besef dat iedere dag moest worden bevochten om overeind te blijven was geaccepteerd.

Sinds kort lag er een steen op mijn graf. Mijn ouders hadden het zo lang mogelijk uitgesteld. Terwijl mijn moeder het liefst een tuintje op mijn buik had geplant, werd er door het kerkbestuur vriendelijk aangedrongen en aangestuurd op het plaatsen van een soort gedenkteken.

Wat moest het worden, ze hadden aanvankelijk geen idee, ze wilden geen christelijke symbolen en ik was geen kind meer geweest maar ook niet volwassen. Twee weken voor mijn sterfdatum werd een steen in de vorm van een hart neergezet met de namen van mij, mijn broer en ouders en de datum van mijn geboorte en overlijden.

Drie hoogbejaarde mannen kwamen de steen plaatsen. Mijn moeder ontving hen bij de poort van het kerkhof. 'Woar littie? Is het allie moeder?' Blijkbaar hadden ze niet de moeite genomen de data die in zilverkleurige letters waren ingegraveerd te lezen. Nadat mijn ouders later op de ochtend koffie hadden gebracht werd de legendarische opmerking gemaakt dat het hier qua werkomstandigheden zo goed was, dat ze graag nog een keer terugkwamen. Ik zag dat ze de humor wel in konden zien van deze onbedoeld lompe conversatie. Ze waren het ondertussen gewend. de week daarvoor nog hadden ze allebei diep in sombere gedachten verzonken bij mijn graf gezeten toen ze werden opgeschrikt door een voorbijgangster die hen vriendelijk had toegeknikt en geroepen: 'Zo, zitten jullie lekker te genieten daar, in het zonnetje?'

De laatste weken hadden ze aan elkaar opgebiecht dat ze niet meer zoveel behoefte hadden om naar deze plek te komen. Het afgelopen jaar waren ze hier bijna dagelijks naartoe gewandeld of gefietst, maar nu hadden ze het steeds minder nodig de troost op deze plek te zoeken. Ik was toch wel bij hen, daarvoor waren geen symbolen meer nodig.

Mijn vader vergezelde ik op weg naar opdrachten met klanten. Hij kon soms weer met enig plezier bezig zijn met de inhoud van zijn werk waar hij ooit zo gepassioneerd over had kunnen vertellen. Maar gesprekken met zijn compagnons over jaarcijfers of een planning die verder gingen dan een week konden hem gestolen worden.

Ik reed met mijn moeder mee op weg naar de hogeschool. Ze had besloten om haar lesbevoegdheid te gaan halen. Voor mijn dood had ze weleens overwogen docent te worden en nu vond ze de tijd rijp om de daad bij het woord te voegen. De gedachte aan nog een herfst en winter al navelstarend in de zogenaamd beschutte omgeving van ons huis, sprak haar niet aan. Alle hoeken en gaten van haar malende brein had ze de afgelopen tijd keer op keer onderzocht. Meerdere malen waren dezelfde hersenspinsels, mooie en destructieve, de revue gepasseerd. Ze moest voorkomen dat ze in herhaling verviel.

Naar alle waarschijnlijkheid zou ze verreweg de oudste studente zijn in haar klas maar dat zag ze niet als bezwaar. Eerder maakte ze zich zorgen over de stage binnen het beroepsonderwijs. Hoe zou het zijn om dagelijks te worden geconfronteerd met mijn leeftijdsgenoten? Wie weet kon ze een beetje meegenieten van het zijdelings betrokken zijn bij hun levens en deelgenoot worden van de zorgen, passies en toekomstdromen. Zou het als een pleister op de wond zijn zich te omgeven met meisjes van mijn leeftijd of zou ze het zichzelf onnodig moeilijk maken?

Een van de eerste lesdagen ontmoette ze een jonge student. Ze bleken op dezelfde school stage te lopen en onverwacht ontstond er een intiem gesprek. Al bij de eerste kennismaking hadden ze kort hun muziekvoorkeur uitgewisseld, er was een match, tenslotte staat goede smaak los van leeftijd. Hij vertelde dat hij zijn vader zeven jaar geleden had verloren, in de leeftijd van mijn moeder op dat moment. Ze had zich voorgenomen zo min mogelijk los te laten over wat haar het afgelopen jaar was overkomen, maar ze begreep dat ze door deze ontmoeting een geestverwant had gevonden. Ze voelde zich minder alleen en gesteund nu ze iemand in haar nabijheid had die begreep hoe het was, zonder er veel woorden aan te hoeven geven.

In de pauze vertelden zij elkaar hoe hun levens voor altijd veranderd waren sinds die allesbepalende dag. Zijn vader had afscheid genomen van het leven dicht bij de plaats waar hij was geboren en opgegroeid. De naam van die wijk was dezelfde als de meisjesnaam van mijn moeder. Pas in de auto weer op weg naar huis, na een intens vermoeiende week, brak ze. Het besef drong nu pas tot haar door dat ik haar vanaf de plek waar ik was liet weten dat ze op de goede weg was en dat ze trots op zichzelf mocht zijn. Ik zag hoeveel moeite het haar kostte de energie op te brengen om de hele dag geconcentreerd bezig te zijn. Er waren dagen bij dat ze actief deelnam aan de les vooral om zichzelf ervan te overtuigen dat het zin had wat ze deed. De dagen thuis kon ze niet meer spenderen aan mijmeren, er moest gestudeerd worden, stapels verslagen geschreven waarin ze de nieuw verworven kennis analyseerde. Waar was ze mee bezig, voor wie deed ze dit eigenlijk?

Misschien had ze meer tijd nodig en was de stap om weer iets te gaan doen te vroeg genomen. Ze worstelde met het dilemma om al dan niet te vertellen over het gemis en het rouwen waar ze nog steeds middenin zat. Het ene moment kon ze met droge ogen heel even kort het verlies benoemen terwijl op een ander moment de angst haar om het hart sloeg, bang om in tranen uit te barsten in het bijzijn van onwetende docenten of tijdens een college met medestudenten. Maar ze merkte ook dat ze het fijn vond de focus te verleggen. Haar besluit om het roer om te gooien was niet zomaar van de ene op de andere dag genomen.

Ze had alles zo goed mogelijk doordacht en ze merkte nu dat het geen verkeerde beslissing was geweest.

Rond diezelfde tijd had mijn moeder besloten om het hardlopen te verruilen voor de wielersport. Haar loopschoenen die alleen al bij de aanblik een waterval van emoties opriepen, had ze niet meer aangeraakt. Een vriendin had haar het voorstel gedaan om met een paar mannen te gaan trainen voor een of andere goededoelentocht in Zuid-Limburg. Onverwacht bleek dit idee voor de perfecte dosis plezier en afleiding te zorgen.

De techniek van het wielrennen was haar vreemd, maar qua conditie zou het geen problemen opleveren. Ik zag mijn moeder genieten van de omgeving tijdens de toertochten, maar vooral ook van de dynamiek in de groep. Ze fietsten in de zomermaanden in de namiddagen en op de vroege zondagochtenden. De meer ervaren wielrenners in het gezelschap pasten zich aan qua tempo, wat de sfeer en de gemoedelijkheid ten goede kwam. Het slap geouwehoer en tegelijkertijd het sociale aspect van het samen sporten gaf haar een enorme boost. Ze genoot van het gezelschap en van de laatste echte warme dagen voor het najaar aan zou breken. De schilderachtige wolkenluchten die zich in het water spiegelden, het zoeven van de dunne bandjes over het asfalt, zelfs zadelpijn werd voor lief genomen. Misschien kwam het door de inspanning en de endorfine die vrijkwam in haar bloed, maar voor het eerst in maanden kon ze weer lachen tot ze er pijn van kreeg in haar kaken.

Mijn broer had zich voorgenomen op school vol gas te geven. Het zou een belangrijk jaar worden, het voorlaatste voor zijn eindexamen. Langzaam maar zeker moest hij zich gaan oriënteren op een beroepskeuze. Zijn baantje als vakkenvuller had hij ingeruild voor een aantal middagen achter de kassa. Hij had vrienden en vriendinnen in overvloed en een meisje in het bijzonder leek als klittenband aan hem vast te zitten. Misschien wist zij van zijn diepgewortelde gevoel van eenzaamheid en probeerde ze dat te verzachten.

Natuurlijk realiseerde hij zich dat, als ik nog had geleefd, ik nu vermoedelijk al lang en breed op kamers woonde. Naar alle waarschijnlijkheid zou ik alleen af en toe in de weekenden thuisgekomen zijn om mijn vieze was te doen en een keer fatsoenlijk te eten. Maar het had natuurlijk niets te maken met mijn fysieke afwezigheid. Hij begreep dat dit gevoel van verlatenheid hem in meer en mindere mate zou blijven achtervolgen, zijn leven lang. Door alles wat hij had meegemaakt was de ontwikkeling van zijn puberende brein hem vooruitgesneld. Met zijn zestien jaar kon hij al op zichzelf en zijn omgeving reflecteren, iets wat normaal gesproken geen dagelijkse bezigheid is voor jongens van zijn leeftijd.

Sinds een paar maanden mocht hij officieel op stap en hij genoot ervan om op z'n tijd een terrasje te pakken. Ook de liefde werd voor het eerst in alle hevigheid gevoeld en beleefd. Alles wat ik hem ooit had ingefluisterd en voorgeleefd leek hij nu te omarmen en te combineren op zijn eigen oorspronkelijke manier. Steeds meer zag ik wie hij worden zou, een volledig authentieke, prachtige persoon. Alles wat hij voor zijn kiezen had gekregen, leidde ertoe dat hij een olifantenhuid ontwikkelde voor een bepaald type mensen. Kortzichtigheid of ongefundeerde meningen werden niet getolereerd. Misschien zei hij het je niet direct maar uiteindelijk zou hij afhaken. Mijn broer was in no time uitgegroeid tot een sociaal dier, een kameleon die zich in allerlei situaties staande kon houden zonder zichzelf te verloochenen.

Ik zag hem af en toe worstelen met alle taken en verplichtingen die hij op zijn bordje kreeg, maar wist dat hij zichzelf niet voorbij zou lopen. Zijn vermogen om volledig zijn eigen weg te gaan zou hem helpen. Vroeger had ik zijn eigenzinnigheid weleens vervloekt maar nu kon ik hem van een afstand om diezelfde karaktertrek enorm bewonderen.

Mijn vader had na terugkomst uit China moeite zijn draai weer te vinden. Sowieso was voor mijn ouders met de thuiskomst weer een periode van pijn en verdriet aangebroken. Weer aan het werk trok hij zich terug om niet al te veel geconfronteerd te worden met alle uitbundig beleefde en gedeelde vakantieverhalen.

Af en toe kon hij zich troosten door muziek te maken met een paar vrienden die hem niet te veel vragen stelden, met contrabas, cello, altsax en zang. Het repertoire dat ze kozen was allesbehalve vrolijk, maar het hielp hem de diepste gevoelde pijn te verzachten. Daarbij kan het maken van muziek goed gecombineerd worden met de consumptie van alcohol, wat in deze fase van het rouwproces te verantwoorden viel.

Begin september gebeurde er iets wat mijn ouders opnieuw flink uit balans bracht. Een schrijver waar mijn vader grote bewondering voor had en die hij een paar jaar terug nog een keer had geïnterviewd, maakte onverwacht een einde aan zijn leven. Dagenlang werd op tv en in de krant het nieuws gedomineerd door dit drama dat zoveel mensen raakte. Alsof er sprake zou zijn van een vrije keuze werd er gesproken over wat de oorzaak of de directe aanleiding kon zijn geweest. In de eerste emotionele reacties van vakgenoten en vrienden werd kortsluiting als reden genoemd. Of was het een moment van gekte? In opiniestukken in de krant werd gesproken over het onherroepelijke van zijn daad en zijn beslissing werd in een enkel stuk met een oordeel afgedaan. Dit had niet mogen gebeuren, dit had hij nooit mogen doen.

Opnieuw herlazen mijn ouders de tekst die ze op mijn afscheidsprent hadden gezet, waarin ze hadden gesproken over groot respect voor mijn keuze om mijn eigen weg te gaan. Was dat nog wel zo, zouden ze het ook nu nog, na al die verschrikkelijke maanden van diepe ellende, opnieuw zo geformuleerd hebben? Op dat moment begrepen ze wat ze ermee voor ogen hadden gehad en vooral wat ze hadden willen voorkomen.

Mijn vader las de publicaties met een gevoel van toenemende boosheid en frustratie. Hoe kon men als buitenstaander een zelfgekozen dood veroordelen? Voor de nabestaanden was er niets meer dan de herinnering aan die innig geliefde man, vader, collega, vriend, zoon of dochter die zoveel liefde had gekregen maar vooral had gegeven. Diegene had een daad gesteld, die hij misschien niet had willen stellen maar die zeker niet om een oordeel vroeg.

Alsof de nagedachtenis aan die allerliefste bezoedeld werd door een zweem van wantrouwen, alsof er op dat ene fatale moment een alternatief zou zijn geweest. Het ontnam hen die achterblijven het voorrecht op een nagedachtenis zonder boosheid en wrok. Een herinnering waarin alleen plaats zou moeten zijn voor de liefde die voor altijd en zonder beperkingen gevoeld zou worden en tot in eindigheid blijft duren.

Maar mijn vader begreep ook dat deze reacties waren voortgekomen uit die eerste shock. Bij de aanblik van al die verdrietige en verdwaasde blikken, herkende hij zijn eigen wanhoop en vertwijfeling die hem de eerste tijd na mijn dood parten had gespeeld. Hij nam het ze niet te veel kwalijk, omdat hij begreep dat deze meningen voortkwamen uit het zoeken naar antwoorden en verklaringen die nooit gevonden zouden worden.

Voor het eerst zag hij overeenkomsten tussen de suïcide van deze uitbundige, naar buiten gerichte man en mijn wanhoopsdaad. Mijn vader herkende de worsteling, het zichzelf overschreeuwen om je te bewijzen aan anderen, maar vooral aan jezelf dat het wel goed met je ging. De onuitputtelijke stroom van energie en werkdrift die nauwelijks te rijmen viel met de somberte.

Keer op keer moesten zij elkaar uitleggen waarom ze me niet hadden kunnen redden. Omdat de dingen gaan zoals ze gaan, was ik voorbestemd om zeventien jaar oud te worden en geen achttien. Hun was de eer toegekomen om mijn ouders en mijn broer te zijn, omdat het nu eenmaal in de sterren staat geschreven. Niets had dit kunnen voorkomen.

Heel even maar prijsden zij zich gelukkig, omdat ze begrepen dat ze ondanks het nog steeds immens gevoelde verdriet, een episode achter zich hadden kunnen laten. Alsof een uitslaande brand hele stukken had verwoest maar in de as en onder het puin toch nog bruikbare onderdelen werden gevonden. Soms niet direct heel goed zichtbaar maar zeker wel aanwezig en voor nu genoeg om verder te gaan.

20

Epiloog

Ik sta in een saffierblauwe jurk met armen hoog naar boven, handen uitreikend naar een kring van vogels, geluiden en kleuren. Ik voel het leven om me heen. Ik ben nu nog stil, maar tegelijkertijd zo bewust van het tintelende leven. Soms vraag ik me af of dit voor het eerst is in mijn bestaan dat ik me de stilte eigen heb kunnen maken, dat ik die in me kan voelen. Tegelijkertijd weet ik dat ik nog een lange tijd te gaan heb: ik moet geduldig zijn.

Het lijkt allemaal nog zo kort geleden, maar wat is er ontzettend veel gebeurd als ik nu terugkijk op de afgelopen maanden waarin voor iedereen om mij heen de wereld zo ontzettend is veranderd. Alles wat ooit zo vanzelfsprekend leek, wordt opnieuw bekeken en overwogen. En terwijl je op het eerste gezicht zou denken dat er zoveel verloren is gegaan, is er ook veel gewonnen. Het leven dat aanvankelijk in een noodgang voorbij raasde is bijna tot stilstand gekomen. Langzaamaan lijkt er weer wat beweging in te komen, maar het zal nooit meer zo zijn als voor mijn dood. En dat is maar goed ook.

Het huis waar ik woonde, waar het vaak een drukte van belang was, is een oase van rust geworden. Ik zie dat mama er als een slak beschutting heeft gezocht. Mijn moeder, die altijd van de ene klus naar de andere onderweg was, is heel stil geworden. Ze schrijft over mij, zodat ze bij me kan zijn en ik me in haar kan gaan nestelen. Een soort omgekeerde zwangerschap, waarbij ze probeert me in haar hart te voelen.

Ik vind het fijn om te zien dat daar waar ik eerst aan tafel zat, naast mijn broer, nu mijn foto staat met een brandend theelichtje. Ook in de woonkamer hebben mijn ouders een altaartje gemaakt, zodat ik dicht bij ze ben. Het eerste wat ze doen bij het opstaan, is het aansteken van de kaarsen. Ik ben nu zelfs bij papa op zijn werkkamer. Het is voor het eerst dat hij een foto van wie dan ook op zijn bureau heeft staan. Hij draagt zelfs een eenvoudig kralen armbandje dat ik ooit heb gedragen. Mijn moeder heeft het gouden kettinkje met het hartje dat ik van opa en oma heb gekregen bij mijn diploma-uitreiking niet meer afgedaan. De dagen na mijn dood toen ik nog bij hen was, heb ik het nog op mijn koude huid gedragen. Pas voor het sluiten van de kist heeft ze het bij me afgedaan en het zich bijna verontschuldigend toegeëigend.

Ik denk dat de rituelen hen nu nog helpen om de herinnering aan mij levend te houden, maar ze hoeven zich geen zorgen te maken. Het lijntje tussen ons is veel te krachtig om te breken. Er is veel licht en hulp voor mij daar waar ik nu ben en er zijn ook veel nieuwe contacten. Zoetjes aan word ik voorbereid om weer terug te gaan, nu nog niet, maar strakjes. Als het zover is, zal ik ze een seintje geven. Ze moeten zich geen zorgen maken. In feite ben ik nu dichter bij ze dan ik ooit ben geweest. Ik kan mezelf transformeren tot een vlinder of een eekhoorn en misschien schuil ik in de merel, die iedere ochtend zo dapper het brood bijna uit de hand van mijn moeder pikt.

's Nachts bezoek ik mijn broer in zijn dromen. Hij zit in een achtbaan maar ziet mij beneden staan en doordat hij weet dat hij droomt, kan hij de rit stoppen en uitstappen om mij te knuffelen. Na mijn dood moest alles in zijn kamer wat hem nog restte van zijn kindertijd verdwijnen. De kleuren zijn vervangen door witte muren. Hij heeft zich omringd met foto's die hem herinneren aan onze momenten samen.

Mijn vader droomt niet en hij maakte zich daar aanvankelijk zorgen over, bang als hij was dat ik hem niet zou kunnen bezoeken in zijn slaap. Maar ik plaag hem soms door als een schaduw over de laurier achter in de tuin te verschijnen op een prachtige dag met een strak blauwe lucht en een wolkeloze hemel. Soms blaas ik hem zachtjes over zijn oogleden als hij met een betraand gezicht wakker wordt. Hij weet nu dat ik het ben, eerder begreep hij maar niet waar die tochtvlaag vandaan kwam en zocht hij naar het open raam.

Voor mijn moeder is het weer anders. Ik heb haar die ene keer waarbij ik me als vlinder toonde, zielsgelukkig gemaakt. Ze begreep direct dat ik het was en verlangde daarna naar meer tekenen van mijn kant. Maar net als zij had ik het nodig om me terug te trekken en rustig te worden. Ik zag haar zoeken in de tuin, op mijn kamer en voelde hoe zij naar me verlangde in haar dromen.

Nog een keer heb ik haar kunnen bereiken. Ze was wakker geworden, maar tegen de ochtend weer in slaap gedoezeld. In wat meer een visioen was dan een droom kon ik met haar op de bank in de woonkamer zitten. We zaten dicht bij elkaar en zij voelde mijn hand die koud was. Ze wist dat ik dood was. Mijn gezicht werd omlijst door licht en ik leek daardoor blanker dan mijn oorspronkelijke teint.

'Heb je nu een beetje je rust gevonden?' vroeg ze me zachtjes.

'Ik denk van wel,' antwoordde ik voorzichtig, maar naar waarheid.

Ik zie mijn ouders naar nieuwe wegen zoeken om dicht bij me te zijn. Het is voor mijn moeder niet mogelijk de oude routine van werk te hervatten. Ze moet een nieuwe manier vinden om mij te verinnerlijken. Het lukt haar om vanuit mijn perspectief te schrijven en ze voelt dat haar energie daardoor weer gaat stromen. Haar dagen krijgen ritme en structuur en hoewel het voor de buitenwereld lijkt of zij zich afsluit, zijn deze dagen alleen thuis warm en troostrijk. Het schrijven werkt als een soort filter waardoor het verlangen draaglijk wordt.

Terwijl de herinneringen aan mij nog te pijnlijk zijn en ze zelfs nauwelijks naar foto's van mij als kind kan kijken, merkt ze dat ze wel terug kan gaan naar haar kindertijd. En daar waar haar eigen vroegste herinneringen bovenkomen, krijgen die betekenis in de rol die zij als moeder heeft vervuld. Steeds weer komt het besef dat het niet voor niets is geweest. Dat het noodlot hen niet zomaar is overkomen en niet alleen dood en verderf heeft gezaaid, maar hen duidelijk maakt dat liefde ook over de dood heen voelbaar is en verder kan stromen.

's Avonds vertellen mijn ouders elkaar de inzichten die ze die dag hebben gekregen en hun harten stromen weer vol. Zij delen hun gedachten met mijn broer en omdat wij een gezin van verhalen zijn, begrijpt hij hen en kunnen ze samen verder.

Binnenkort hoop ik opnieuw dicht bij ze te kunnen komen, maar dat moet zorgvuldig worden voorbereid. Zoals het was, zal het nooit meer zijn en dat besef moet groeien. Het zoeken naar een nieuwe manier om het leven weer de moeite waard te maken heeft tijd nodig en zal voor de een langer duren dan voor de ander. Dat geldt overigens voor mij evengoed. Ook ik kan niet zomaar verder. Mijn proces is net zo goed een weg van vallen en opstaan.

Oude routines moeten worden losgelaten en nieuwe zullen ontstaan. Ik zie dat mijn familie en vrienden elkaar opzoeken en troost en steun zoeken bij elkaar zonder te zwelgen in hun verdriet. Ze hebben waarschijnlijk geen idee hoezeer dit ook mij helpt bij het nemen van de volgende stap. Zo trots als ze altijd op mij zijn geweest en nog steeds zijn, zo moedig vind ik hen nu.

Wie weet word ik ooit weer geboren en zal alles opnieuw beginnen. Hoe dan ook, mijn leven zal een vervolg krijgen. Ik heb het verschil kunnen maken voor diegenen die achter zijn gebleven en zal dat ook na mijn dood blijven doen.

Voor mezelf durf ik te beweren dat ik het de volgende keer anders ga doen. Het zal iedere keer wat beter gaan, ik heb alle tijd, ik ben ermee bezig, ik kan niet anders, *don't you hurry*…

Nawoord

Het enige standpunt dat ik als moeder in heb kunnen nemen is dat van een liefhebbende ouder, die vanuit respect voor het leven van haar dochter een verhaal vertelt. Het is een boek geworden met autobiografische elementen maar bovenal is het fictie. Het liefst had ik het niet geschreven, maar het is toch gebeurd.

Ik heb geprobeerd een monument in woorden neer te zetten voor een meisje dat ons zoveel heeft gegeven. Ik heb veel verdriet en mis haar ontzettend, maar ik ben ook trots dat ik haar moeder mocht zijn. Lang heb ik getwijfeld of ik mijn schrijfsels, die ooit bedoeld waren als een persoonlijk archief, zou publiceren.

De reden dat ik ervoor heb gekozen om het wel te doen is tweeledig. De eerste is dat ik aan de buitenwereld onze veerkracht wilde tonen. De liefde voor elkaar maakt dat het leven nog steeds de moeite waard is en mooi in al zijn facetten. Dit is wat het is.

De tweede reden is dat ik al die eenzame, dolende zielen, die twijfelen aan de zin van het bestaan wil vragen om hun sombere gedachten te delen met iemand. Iemand die dichtbij is of misschien juist een professional. Want hoe verschrikkelijk is het voor nabestaanden om achter te blijven met het beeld van de eenzaamheid waarin hun geliefde afscheid heeft genomen. Dat is en blijft onacceptabel.